T0281921

© Jordi Sierra i Fabra
   www.sierraifabra.com
© Grupo Editorial Bruño, S. L., 1998
Juan Ignacio Luca de Tena, 15
28027 Madrid
www.brunolibros.es

ISBN: 978-84-696-6674-6
Depósito legal: M-29254-2021

PRIMERA EDICIÓN: mayo 1998
SEGUNDA EDICIÓN: febrero 2000
TERCERA EDICIÓN: abril 2001
CUARTA EDICIÓN: febrero 2002
QUINTA EDICIÓN: mayo 2003
SEXTA EDICIÓN: abril 2004
SÉPTIMA EDICIÓN: febrero 2005
OCTAVA EDICIÓN: mayo 2006
NOVENA EDICIÓN: septiembre 2007
DÉCIMA EDICIÓN: septiembre 2008
UNDÉCIMA EDICIÓN: septiembre 2009
DUODÉCIMA EDICIÓN: abril 2010
DECIMOTERCERA EDICIÓN: febrero 2012
DECIMOCUARTA EDICIÓN: febrero 2013
DECIMOQUINTA EDICIÓN: julio 2014
DECIMOSEXTA EDICIÓN: agosto 2015
DECIMOSÉPTIMA EDICIÓN: diciembre 2017
DECIMOCTAVA EDICIÓN: octubre 2020
DECIMONOVENA EDICIÓN: noviembre 2021

PAPEL DE FIBRA
CERTIFICADO

PARALELO CERO

Dirección del proyecto editorial:
Trini Marull

Dirección editorial:
Isabel Carril

Coordinador literario:
Miguel Ángel Diéguez

Edición:
Cristina González

Diseño de cubierta:
Elsa Suárez Girard

Fotografía de cubierta:
Ilustración basada en la fotografía de Shutterstock

PARALELO CERO

Finalista Premio CCEI
de Literatura 1999

Un hombre
con un tenedor
en una tierra
de sopas

Jordi Sierra i Fabra

La ética no es una condición ocasional, sino que debe acompañar al periodismo como el zumbido al moscardón.

Gabriel GARCÍA MÁRQUEZ

Primera edición

LEVANTÓ la cabeza del libro al escuchar el estampido.

–¡Oh, no! –gimió pasándose una mano por la enmarañada mata de cabello.

Pero era verdad. El vecino acababa de poner el televisor, y a toda potencia. Al primer disparo siguieron otros, y una corneta tocando histérica. La carga de la caballería ligera dispuesta a masacrar a unos cuantos indios.

Apenas si duró tres segundos. Lo siguiente que escuchó fue la música demencial de un anuncio de refrescos. Y al instante, otro cambio, éste bañado por el histrionismo de un presentador haciendo gala de sus gracias.

El *zapping* pareció detenerse a la cuarta intentona.

Una folclórica española de buena voz y abundante pecho, como todas, le demostró que no era así.

Ya no pudo más. Se levantó, fue hacia la ventana y la cerró de golpe. Aun así la música atronaba el espacio como si la tuviese al lado. Hubiera preferido estudiar en silencio, pero no tuvo más remedio que dirigirse a su propio equipo de sonido y conectarlo para, al menos, escuchar algo de su agrado, que le ayudase a concentrarse. Escogió entre varios compacts de géneros diversos, desde el rock duro hasta la música celta pasando por algunas bandas sonoras de películas y algo de *new age*. Optó por la banda sonora de *Hamlet*. Necesitaba estímulos fuertes. Con las primeras notas de la obra cinematográfica compuesta por Patrick Doyle volvió a su mesa de estudio.

A los pocos segundos, comenzó a darse cuenta de que sus esfuerzos eran inútiles. Parecía como si la folclórica cantase con una sinfónica de fondo. Su ánimo empezó a resquebrajarse. El examen sería una dura prueba.

Cerró los ojos y entonces escuchó el ruido de la puerta al abrirse.

Sabía quién era. Sólo ella tenía llave.

Suspiró.

–¿Laia?

Su novia entró en la salita. Como para dar prueba del calor que ya empezaba a hacer, llevaba apenas una falda que le llegaba por la mitad de los muslos y una especie de mini-jersey que le dejaba el ombligo al descubierto. Su precioso ombligo redondo y hundido. La falda era negra, el jersey, rojo. El conjunto rivalizaba en esplendor visual con la no menos negra y rizada cabellera que le caía sobre los hombros y la espalda.

Le sonrió muy brevemente, antes de fruncir el ceño, mirar a su alrededor y exclamar:

–¿Qué haces con la ventana cerrada y la música tan alta? ¿Estás loco?

Isaac ya no dijo nada. Se limitó a soltar un bufido de impotencia y resignación. Cuando Laia pasó por su lado en dirección a la ventana alargó una mano y la atrapó sin dejarla seguir. No le costó mucho tirar de ella y obligarla a sentarse en sus rodillas. El contacto obró como una descarga eléctrica en ambos. En plena fanfarria orquestal sus labios se unieron suavemente, antes incluso de que la muchacha le rodeara con sus brazos. Isaac hizo lo propio por la cintura. La piel de Laia le proporcionó toda la paz que necesitaba.

Cuando se separaron, un minuto o más después, ella le sonrió de nuevo.

–Hola –suspiró.

–Hola –dijo él.

–¿Estudias o trabajas?

–Ni lo uno ni lo otro.

–Pues no estoy dispuesta a esperarte más de diez años, ¿sabes?

–Ya me has esperado diecinueve, ¿no?

–Es distinto. No te conocía.

El siguiente beso duró aún más. Los dos perdieron la noción del tiempo. Entre el tema que sonaba al entrar ella y el siguiente, la voz de la folclórica los invadió como una especie de gota fría intempestiva. Laia empezó a reír aún con los labios pegados a los de él.

–Vale, ya veo –rezongó.

–Es sordo –se encogió de hombros Isaac.

–Demasiado, ¿no?

Ella se levantó y, pese a lo que sonaba al otro lado, fue a la ventana para abrirla. El muchacho la dejó hacer. Después de todo, lo de estudiar comenzaba a ser problemático. Prefirió contemplarla. En tres meses podían cambiar tantas cosas. Tantas...

–No te esperaba –le dijo.

–Me han cancelado una clase, y para quedarme allí tirada...

Laia abrió la ventana. Su gesto coincidió con un *zapping* más. La cantante enmudeció para dar paso al diálogo de otra película un tanto más calmada. Se asomó al exterior, como si buscara el origen de los disturbios, y luego, tras darse media vuelta, quedó allí, apoyada en la parte inferior del marco.

–Ven –pidió Isaac.

–Ah, ah –negó la chica–. Visita de cortesía porque ayer no te vi. Pero tú a estudiar.

–Sí, ya.

–Pues me voy.

–Un beso más.

–Claro.

No supo si ella le habría obedecido o no. El teléfono sonó en ese instante sembrando de distancias el escaso par de metros que les separaba. Isaac puso cara de fastidio y resignación, a partes iguales. Soltó el aire retenido en sus pulmones antes de alargar un brazo y retirar el inalámbrico de su soporte. Se lo llevó a la oreja y tras apagar el compact con el mando a distancia preguntó:

–¿Sí?

La voz era desconocida, formal.

–¿Isaac Soler de Raventós?

–Yo mismo.

Pensó en una de esas llamadas que anuncian la obtención de un premio y se preparó para colgar.

–Disculpe la molestia, señor. ¿Es usted hermano de José María Soler de Raventós?

–Sí.

–Mi nombre es Álvaro. Sargento Álvaro Benamide, de la comisaría de Madrid centro, señor Soler.

Miró a Laia. Continuaba en la ventana, con los brazos cruzados, hermosa y llena de vida. Mientras la observaba, frunció el ceño muy despacio.

–Perdone, ¿cómo ha dicho?

–Me temo que tengo malas noticias para usted, señor Soler –continuó el hombre del teléfono–. Porque es la única familia del señor José María Soler de Raventós, ¿no es así?

La folclórica reapareció en sus vidas.

A pleno pulmón.

–Sí, ¿qué sucede?

Se había puesto en pie, tenso. Laia perdió la sonrisa. La pausa fue muy breve.

–Debo informarle de que su hermano perdió la vida anoche, señor Soler –desgranó con un tono aún más oficial y solemne, cargado de pesares–. Lo siento. Para ser exacto, y lamento tener que darle la noticia, todo hace indicar que se suicidó. Es mi deber...

–¿Cómo... dice?

Deseó gritar, pero no pudo hacerlo. La maldita cantante parecía burlarse de él. Laia ya estaba a su lado, preocupada por su repentina palidez.

Y entonces, despacio, como si fuese un niño, el hombre del otro lado del hilo telefónico se lo repitió, palabra por palabra, haciendo que la idea, junto con la realidad, penetrase en su mente.

Chema.

Muerto.

P OR la ventanilla del avión y a lo lejos, bajo él, se veía la tierra multicolor, unas veces con predominio de los ocres más pálidos, otras con los marrones más duros y secos, y otras rojiza y yerma, roturada y delimitada por los segmentos de los caminos o las carreteras, las acequias o las simples lindes de los campos. No había ni una sola nube. El anticiclón debía de estar instalado en mitad de la Península. Así que el paisaje era de una constante aunque cambiante belleza.

Por lo menos para sus ojos.

De niño creía que los países eran de colores. Había un mapa en la escuela, muy viejo, colgado de la pared, y en él España era azul, Portugal, verde, Italia, roja, Francia, amarilla, Inglaterra... Un día descubrió que no era así, y que ni siquiera existían las fronteras desde el aire. Fue la primera vez que viajó en avión, a los ocho años, cuando sus padres aún vivían. Parecía haber pasado una eternidad desde aquello y únicamente habían transcurrido doce años.

El mundo era sin duda un lugar hermoso por conocer y descubrir.

Tenía tantas ganas de comenzar a explorarlo...

–¿Desea algo de beber, señor?

Giró la cabeza. La azafata le sonreía con aire diligente y encantador. El hombre de su lado estudiaba un informe financiero o algo parecido.

–Agua, por favor.

Esperó a que la mujer se la sirviera. Luego la dejó encima de su mesita sin tocarla y volvió a mirar hacia abajo, hacia la España que se extendía como una alfombra bajo sus pies, a nueve mil metros de distancia. Estaba más alto que la cima del Everest y afuera la temperatura era de menos cincuenta grados. Siempre le había gustado viajar en avión. En apenas un lapso de tiempo una persona podía cambiar sol por noche, calor por frío, un mundo por otro.

Algún día, cuando fuese periodista, viviría más en los aviones que en tierra, y haría los grandes reportajes que deseaba realizar, en la India, Tíbet, Nepal, Kenia, Papúa...

Algún día.

Ahora ya no sólo era por sí mismo, sino por Chema. Se sintió abrumado por una pesada carga de tristeza. Trataba de no pensar, pero le era difícil. Debía estar examinándose y en lugar de eso viajaba a Madrid para hacerse cargo del cuerpo de su hermano. Su única familia.

Estaba solo.

No sentía miedo, pero sí respeto, prudencia. Ni siquiera había conseguido llorar. Le costaba llorar. A veces lo necesitaba, pero salvo el nudo albergado en su garganta y un primer escozor en los ojos, todo se quedaba ahí. Tampoco había llorado al morir sus padres. Delante de los dos féretros, con los cuerpos destrozados por el accidente y por tanto ocultos a su mirada, se limitó a quedarse muy quieto, muy serio, muy asustado, mientras Chema le cogía de la mano y le decía que no temiera nada, que no se preocupara, que cuidaría de él.

Lo había hecho, a pesar de que Chema muy pronto se convirtió en uno de los mejores fotógrafos de actualidad y su vida cambió de raíz con los viajes, los reportajes, los premios y todo lo demás. Al principio, una mujer se ocupaba de casi todo, la casa, la intendencia y el largo etcétera habitual. Después ya no pudieron seguir viviendo juntos, porque él mismo le pidió a Chema la oportunidad de espabilarse por su cuenta, a los diecisiete años. Chema se la concedió. Necesitaban espacio. Su hermano apenas estaba en casa, y cuando recalaba en ella traía amigas y vivía su vida de *free lance* con total libertad. Lo único que siguió necesitando de él fue que le pagara los estudios y el pequeño apartamento, minúsculo, en el que vivía. De alguna forma Chema siempre extendía su manto protector y amigable en torno a él.

Y él no sólo le quería. También le admiraba. Un ejemplo que seguir, un modelo que imitar. Chema Soler, el fotógrafo de Bosnia y Chechenia, de Uganda y Chiapas, el más reciente World Press Photo, uno de los galardones internacionales con mayor prestigio. Ése era su hermano.

–Instinto, Isaac, instinto –solía decir–. Las cosas pasan, aquí y allá, en todas partes. Pero es el instinto el que te hace llegar hasta ellas justo antes de que sucedan, una fracción de segundo antes, que es todo lo que yo necesito. El tiempo preciso para enfocar con mi cámara y captarlo. Si algo sucede y no hay un fotógrafo o una cámara cerca, ha sucedido igual, pero es diferente. La fotografía o la imagen es lo que da carta de naturaleza al hecho, lo que lo certifica y autentifica. Puedes contárselo al mundo, en mil o cien mil palabras, y el mundo te creerá. Incluso se estremecerá con ello. Pero dáselo en una imagen, y entonces será tuyo. Le golpearás en mitad del alma, le arañarás la razón, le conmocionarás la conciencia.

A pesar de eso, había preferido estudiar periodismo. Nunca sería tan bueno como Chema con una cámara en las manos. Lo suyo eran las palabras. Y algún día, los dos viajarían para cubrir una revuelta o una guerra, un terremoto o el estallido de un volcán. Los dos. Harían los mejores reportajes, y al final todo el mundo leería: «Texto: Isaac Soler. / Fotos: Chema Soler.»

Qué rápido se terminaban los sueños.

Y qué amargo el despertar.

–Te llevaré conmigo cuando acabes la carrera de periodismo.

–No, antes, ¡este verano, por favor! Así practico.

–Anda ya, cállate, enano. ¡Que no te quedan a ti horas de prácticas antes de echar a volar!

–Sabes que soy bueno.

–Como si eso bastara –se echaba a reír Chema–. Las balas son de verdad, ¿sabes? Pasan tan cerca de ti que no puedes dejar de temblar. ¿Me imaginas teniendo que cuidar de ti, de mí y de las cámaras, todo a la vez?

–¡No te defraudaría!

–Hace un año yo mismo me hice caca encima, ¿no lo sabías? Pues ya lo sabes. Dos horas sin poder movernos, y con tanto miedo que la diarrea se hizo espuma de afeitar: ¡fffffssss! Vamos, Isaac, no seas crío.

–¡No soy crío!

Pero lo era. La diferencia de edad estaba ahí, imposible de evitar. Casi diez años. Para ambos, un mundo. Después de Chema, sus padres habían tenido una niña que murió al poco de nacer. Y como en tantos casos de hijos inesperados y descolgados de los mayores, cuando ya parecía imposible, había llegado él.

Sí, muchos años de distancia.

Con los viajes de Chema por un lado y sus estudios por el otro, se veían poco, demasiado poco.

Ahora lo lamentaba.

Isaac descubrió que tenía la garganta seca de pronto, al apartar sus ojos de la ventanilla y mirar el vaso de agua, con la servilleta y la bolsita de cacahuetes depositada al lado. Mecánicamente se llevó el vaso a los labios y bebió dos largos sorbos. Estaba fría porque el hielo se había fundido. Luego se guardó la bolsita de cacahuetes en el bolsillo de su camisa.

Otra de las recomendaciones de su hermano.

–No tires nunca comida, ni la dejes. Puede servirte. A lo mejor para darle a un niño del país al que vayas, o a lo peor para ti mismo si pasa algo y el avión se cae o lo secuestran unos terroristas.

Para Chema todo tenía sabor a aventura. Le contaba lo que hacía y a él se le caía la baba. Cuando le dieron el World Press Photo tres meses antes...

Sí, Chema Soler de Raventós estaba en la cumbre.

Por eso no tenía el menor sentido que se hubiese suicidado.

¿Por qué?

–¿Por qué?

Se encontró con la mirada de soslayo del hombre que leía los informes cargados de cifras y datos. No pasó nada. El ejecutivo del puente aéreo volvió a lo suyo e Isaac intentó calmarse respirando profundamente.

En ese momento el avión practicó una desaceleración súbita y pareció empezar a perder altura.

No se equivocó.

–Señoras y señores, hemos iniciado el descenso al aeropuerto de Madrid-Barajas, en el cual esperamos tomar tierra en diez minutos. Por favor, pongan el respaldo de...

Isaac cerró los ojos. Estaba a diez minutos de todo, y aún no podía creérselo. Iba a buscar el cuerpo de su hermano, muerto por su propia mano, y aún no podía creérselo. Era una pesadilla, pero estaba despierto.

–Para ser periodista gráfico hay que hacer un pacto con el diablo, Isaac –le dijo una vez–. Es la única forma de que no te pase nada. Y yo lo he hecho, así que, tranquilo. Soy inmortal.

Algo había fallado. Algo.

Los dos hombres se detuvieron delante de la camilla cubierta en su totalidad por una sábana de color verdoso. Le llevaban unos tres pasos de ventaja, así que tuvieron que esperar a que Isaac los alcanzara y se quedase quieto entre ambos, con los ojos muy fijos en aquella sábana, y con toda su atención presa de lo que contenía.

La mirada de los dos hombres estaba revestida de gravedad, pero había algo en ella, en la de uno y en la de otro, que destilaba un mucho de rutina. Posiblemente estuviesen habituados incluso a algo peor, padres frente al cuerpo de un hijo destrozado por un accidente de tráfico o una hija abatida por las drogas, asesinatos, víctimas inocentes del juego de la vida...

–¿Preparado, señor Soler? –preguntó el que estaba más cerca de la camilla.

Le llamaban «señor Soler». No le gustaba. Sonaba muy extraño.

Asintió con la cabeza. Nada más.

El hombre retiró la parte superior de la sábana. Lo hizo despacio, tomándose su tiempo con solemnidad, como si temiera despertar a la persona oculta bajo ella. El rostro de Chema quedó al descubierto y con él todo el peso de la evidencia que, hasta ese instante, se había negado a aceptar.

La última duda.

Había esperado que no fuera él, que se tratase de un error. Lo había deseado con la inocencia que produce ver tantas y tantas películas en las que eso era no ya lo deseado, sino lo lógico para abrir una trama.

Chema tenía los ojos cerrados, y una expresión de perpleja paz cincelando sus facciones petrificadas por la muerte. Eso fue la primera realidad. Después llegaron las restantes, la tez pálida, casi ya marmórea, la sensación de hallarse delante de un muñeco de cera, mala copia del auténtico, la barba revuelta, lo mismo que el cabello, su extrema delgadez acentuada por la pérdida de peso o consistencia en la carne y los músculos.

Los dos hombres esperaron.

–Es... mi hermano –acabó concediendo Isaac.

La sábana volvió a su posición original. La nariz de Chema fue la pequeña cumbre que coronó de nuevo su oscura realidad. La identificación estaba formalizada, pero aun así, Isaac no se movió de donde estaba. Los dos hombres tampoco.

Intercambiaron una rápida mirada.

–¿Desea volver a verle? –preguntó el que había hablado la primera vez.

–No.

–¿Quiere quedarse solo unos segundos?

–No –miró el resto del cuerpo, que se adivinaba desnudo bajo la sábana, y agregó–: ¿Le van a hacer la autopsia?

La respuesta fue evasiva.

–Su hermano se tomó un frasco de Alprazolan, señor Soler.

–Mezclado con media botella de whisky –habló el segundo hombre.

Evidente y fácil.

–Y la carta no deja lugar a dudas –volvió a expresarse el primero.

La carta.

Desde que le hablaron de ella sentía un regusto amargo en la boca del estómago.

Expulsó el aire retenido en sus pulmones y acabó aceptando su derrota. Dejó caer la cabeza sobre el pecho. Ya no quedaba mucho más por hacer o preguntar, a pesar de que no había hecho ni preguntado nada. Todavía.

–¿Qué es el Alprazolan? –quiso saber.

–Un tranquilizante –se apresuró a explicar el primer hombre.

–A base de benzodiacepinas, un principio activo que actúa sobre el sistema neurovegetativo –continuó el segundo, aliviado por la posibilidad de hablar de algo concreto.

—Ayuda a contrarrestar el estrés. Cuando no se puede comer, dormir y descansar a su tiempo...

—Todas las *top models* suelen utilizarlo.

—Con un par de pastillas de más, y si encima se une a un vaso de alcohol, el resultado puede ser demoledor.

—Su hermano se tomó...

De pronto hablaban y hablaban, y como tenía a cada uno a un lado, parecía estar en medio de un estéreo. Así que optó por ponerse en movimiento, cortando la última frase del segundo hombre. Echó a andar tras darle la espalda al cadáver de Chema, y los dos hombres se callaron y le siguieron.

Traspasaron la puerta del depósito, atravesaron dos pasillos, tomaron un ascensor, cruzaron otro pasillo más, hasta que se encontró en el despachito donde le recibieron al comienzo. Hacía un millón de años. Completada la identificación, quedaban los trámites, las firmas, el...

—Esto es suyo.

Miró la bolsa. Chema solía viajar siempre con muy poco equipaje. Poquísimo. Sólo lo imprescindible. Acostumbraba a decir que era mejor comprarse los utensilios de aseo allá donde fuera, lo mismo que una camiseta si le hacía falta. Luego lo tiraba todo. Sabía que en la bolsa, amén de algún pantalón o camisa, calzoncillo o calcetines, encontraría las cámaras. Dos como mínimo. Cámaras, carretes, filtros, luces, baterías, objetivos y demás aparejos de profesional.

—¿Se encuentra bien, señor Soler?

¿Cómo se encontraba? Conmocionado. Sí, la palabra lo resumía bastante bien. Sentía el peso de la conmoción.

Pero aún no había logrado reaccionar.

Quería llorar, sentir mucho más, desbloquearse.

—Sí, estoy bien —mintió.

La bolsa seguía sobre la mesa. No la había tocado.

–¿Desea usted inspeccionar las pertenencias de su hermano?

–No, no es necesario.

–Lamentamos que otros compañeros suyos, periodistas, se hayan enterado del hecho.

–Es lógico –aceptó Isaac.

–Al parecer era muy conocido –intercaló el segundo hombre.

–Famoso –dijo el primero.

–¿Tiene alguna idea de por qué lo hizo?

Era la misma pregunta que se había estado haciendo y repitiendo desde el primer momento.

–No.

–La carta no dice mucho al respecto –manifestó el primer hombre.

–Es ambigua –convino el segundo.

De nuevo ella. La carta.

El adiós de Chema.

–¿Ustedes han averiguado algo? –los miró casi como si los desafiara.

–No –reconoció el segundo hombre.

–Se hospedó en el hotel Acacias; llegó a eso de las nueve de la noche y pidió un bocadillo al servicio de habitaciones. A las dos volvió a pedir algo: una botella de whisky. Eso fue todo.

–¿No había minibar? –inquirió Isaac.

–Quería una botella entera, y de cierta marca. Dijo algo acerca de que las cosas había que hacerlas con estilo. Insistió para que se la subieran, al precio que fuera.

–¿Sabe qué hacía su hermano en Madrid?

–No.

–Siendo su única familia...

–Iba y venía, ¿entiende? A veces me llamaba desde Nueva York y al día siguiente resulta que estaba en Somalia. ¿Saben lo que es un *free lance?*

–¿No trabajaba para un periódico?

–También, pero sin una exclusividad absoluta. Era más bien cuestión de fidelidades. Un acuerdo tácito.

Volvió a surgir el silencio, como si hubiese estado agazapado durante los últimos dos minutos a la espera de su oportunidad. Esta vez los hizo sentir incómodos. Quedaban tan sólo las firmas, el papeleo.

Isaac miró al primer hombre, el que tenía más aspecto de mando.

Quedaba lo más importante, al menos para sí mismo.

–¿Y la carta? –preguntó–. Me gustaría llevármela.

Por la hora, el avión de regreso a Barcelona iba medio vacío, así que no compartía el viaje con nadie sentado a su lado. El asiento desocupado junto a él le proporcionaba una rara sensación de aislamiento y soledad. Lo había agradecido. A los cinco minutos del despegue, y en cuanto pudo bajar la mesita frontal para apoyarse en ella, extrajo de su propia bolsa de mano el dietario de su hermano.

Lo encontró en la bolsa de viaje que le habían dado con las únicas pertenencias de Chema, junto con las cámaras y muy poca ropa, como ya sabía. Era un dietario normal y corriente, en el que él anotaba citas y planes. Lo había hojeado tan sólo brevemente. Ahora era distinto. Ahora disponía del tiempo que durase el vuelo, y de mucho más al llegar a casa. De todas formas, tampoco había mucho que ver.

Siempre creyó que la vida de su hermano estaba densamente ocupada, llena de citas, viajes, planes y otras historias, aunque como fotógrafo la noticia pudiese saltar en el lugar más inesperado y en el instante más inoportuno. Hoy aquí, mañana allí. Ahora descubría que no era así, al menos del todo. En el dietario no había gran cosa.

Primero, la fecha de la muerte. Esa tarde Chema había tenido una cita con un tal Victorino Martín. La anotación era rápida y estaba en mitad de la columna, sin precisar la hora. Buscó el nombre en la agenda telefónica de Chema, una agenda electrónica simple y pequeñita, Sharp ZQ-M221B de 64 kB, muy operativa. Lo encontró, pero salvo el número de teléfono no había nada más, ni dirección ni otros detalles. Ya que tenía la agenda electrónica encendida, la examinó. Había 375 números en la memoria, pero nada anotado en los apartados de «Apuntes», «Aniversario», «Gastos» o «Agenda». Evidentemente, Chema prefería el dietario, aunque anotase los teléfonos en algo que pudiera llevar siempre encima. Cerró la iluminación de la pantallita pulsando el «off» y se concentró nuevamente en el dietario.

Ninguna luz anterior o posterior a la fecha de la muerte, salvo el nombre de Victorino Martín. Al final del dietario había un billete de avión del puente aéreo utilizado únicamente en sentido Barcelona-Madrid. Lo había comprado ese mismo día según la fecha. Toda la documentación de Chema, en cambio, iba en su bolsa: pasaporte, certificados de vacunaciones, etc. No se imaginaba por qué el billete lo llevaba aparte.

Pasó las páginas del dietario hacia atrás. Era extraño, y evidente: las anotaciones apenas si existían después de la concesión del World Press Photo. Ese día parecía un vértice. Antes, las páginas estaban más emborronadas, con nombres, teléfonos, horarios, recordatorios. Ni siquiera había apuntado nada en la significativa fecha del 25 de abril, de eso no hacía apenas nada, cuando recibió el premio en Amsterdam: el Ojo de Oro, la estatuilla que le acreditaba como merecedor del máximo galardón fotográfico internacional amén del Pulitzer.

Recordó las imágenes de televisión, lo emocionado que se sintió al ver al primer ministro holandés entregándole a Chema el premio a la mejor fotografía del año.

Todo tan cercano, y al mismo tiempo ya tan lejano.

Continuó pasando las páginas del dietario hacia atrás hasta llegar al 1 de enero, y después hizo el camino regresando hasta el presente. Era como si el premio le hubiese cambiado los hábitos además de la vida. Chema no estaba nada endiosado, pero de alguna forma, y por alguna extraña razón, en las semanas posteriores a su proclama como merecedor del WPP, parecía como si no hubiese trabajado.

Comprobó los escasos nombres con la agenda electrónica. Todos se hallaban en ella. La única persona que salía de forma más amplia en el dietario era Laura, su último amor, su novia actual, aunque él odiase esa palabra. Isaac no la conocía, aún no había coincidido con ella. Ni siquiera por el teléfono al tratar de ponerse en contacto con su hermano, porque siempre lo cogía él o sonaba el automático.

Chema no era de los que se casaban.

Amaba demasiado su libertad.

Cerró el dietario dando un suspiro y apartó la mesa para introducirlo en su bolsa, en uno de los espacios reservados para papeles o libros. No la retiró sin más. La carta estaba allí, protegida, solitaria, llamándole desde su breve distancia. La tomó con dos dedos y la levantó mientras volvía a poner la mesita horizontalmente. Se quedó observándola unos segundos.

La había leído ya un par de veces, primero nervioso, después con mayor calma. Acabaría por aprendérsela de memoria. No sólo era lo último que Chema había hecho antes de quitarse la vida, también era una especie de testamento, de despedida.

Dirigida a él.

Abrió el sobre casi sin darse cuenta. Extrajo la hoja de papel perfectamente doblada en tres partes. La desdobló.

Y se encontró con la letra rápida y anárquica de Chema.

Reclamándole de nuevo.

«Isaac:

¿Recuerdas cuando jugábamos los dos? ¿Recuerdas cuando te enseñaba mapas y fotos y te decía dónde había estado y qué había hecho? ¿Recuerdas las preguntas que te hacía para ayudarte a ser rápido y ponerte a prueba?

Me gustaría darte un abrazo, hermano. Te echo de menos.

Pero hago lo mejor. Para todos. Para mí.

Voy a hacerte la última pregunta de mi vida. Tienes muchos años para responderla. No la olvides. Piensa en ella.

Isaac, ¿sabes qué hace un hombre con un tenedor en una tierra de sopas?

Si un día encuentras la respuesta, grítamela. Yo te oiré. Yo ya la conozco, pero mientras que para mí es tarde, para ti todavía no lo es ni lo será jamás.

Isaac, no me juzgues demasiado severamente.

Y lo siento. Créeme. Lo siento mucho más de lo que puedas llegar a imaginarte. No me voy por cobardía. A lo mejor lo hago por dignidad, pero jamás por cobardía. Espero que con todo lo que te dejo puedas acabar la carrera y montártelo por tu cuenta. Perdóname. No es una huida, ni un abandono. Hay cosas que, simplemente, son como son y ya no puedes cambiarlas. En mi memoria, por favor, trata de ser el mejor periodista que puedas, y también el más honrado. En este mundo la honradez es lo único que nos diferencia a los unos de los otros. Una persona honesta es una persona buena. Me gustaría contarte algo más, pero no puedo. Por papá, por mamá, por ti. No puedo. No me olvides, Isaac. Te quiero.»

Le quería.

Entonces... ¿por qué?

−¿Por qué?

Y en cuanto a aquella extraña pregunta... Jamás había oído tal estupidez. ¿O no?

Un hombre con un tenedor en una tierra de sopas.

¿Existía lógica en un absurdo?

Isaac apoyó la cabeza en el respaldo de su asiento. Permaneció estático un buen número de minutos, con la mente en blanco, hasta que vio el inevitable carrito de las bebidas y las dos azafatas encargadas de ofrecer su cortés servicio a los usuarios iniciando su andadura por el extremo del pasillo. Eso le hizo reaccionar.

Guardó la carta en el sobre, y éste en su bolsa. Tras ello cogió el periódico y lo abrió por la página en la que se daba cuenta de lo sucedido con Chema. El titular, a tres columnas, era muy específico: «Suicidio de un fotógrafo». Y debajo, en letras más pequeñas: «Chema Soler, galardonado con el World Press Photo hace tres meses, se quita la vida sin aparente motivo en un hotel de Madrid.» Luego seguía la noticia: «El reputado periodista gráfico Chema Soler (José María Soler de Raventós) puso fin a...»

Y al pie de la página, después de un somero informe de lo sucedido, en el cual se destacaba que no existían motivos aparentes para tan dramático final, estaba la foto.

28

La foto.

La imagen de una vida, la instantánea por la que tal vez habrían dado una mano cientos de fotógrafos, la fugaz fracción de segundo captada por una cámara y que había hecho a Chema inmortal.

E Isaac sintió lo mismo que la primera vez al verla.

En el cementerio había bastante gente, aunque él no conocía apenas a nadie. Veía los cuerpos quietos, los rostros doloridos, la gravedad, y pese a la cantidad de sentimientos lo único que experimentaba era soledad.

El abrumador peso de su desconcierto.

Tal vez por ello apretó con mayor fuerza la mano de Laia, que le cogía del brazo con una mezcla de ternura y empatía. La había mirado ya en un par de ocasiones, buscando en ella la fuerza y el consuelo. Ahora lo repitió al notar cómo la muchacha le oprimía también el brazo con sus dedos largos y delgados, respondiendo a su gesto. Se encontró con sus ojos limpios, su rostro abierto y fresco, sus labios llenos de dulzura. Era una estupidez, pero deseó besarla, sentirla. Tuvo que vencer esa ansiedad y se obligó a sí mismo a mirar de nuevo al frente, en dirección al féretro que esperaba para ser introducido en el nicho.

La tumba de la que iban a extraer los restos de su padre y su madre.

Chema y él no habían vuelto al cementerio. Nunca. No querían. Preferían recordar la vida y no adorar la muerte. Pensaban que allá, al otro lado de aquella lápida de mármol, quedaban sólo los vestigios de quienes les dieron la vida, no su calor, perdido con el último suspiro en aquella maldita carretera. Por esa razón Isaac sentía su presencia allí como un reencuentro con el pasado, pero para vivir una nueva historia. Jamás pensó que tuviera que volver tan pronto e inesperadamente. Se le antojaba una burla del destino.

La lápida fue retirada. Estaba a la altura de los ojos, así que podía verse el interior. Las dos cajas de madera, ya desfiguradas por el paso de los años, se ofrecieron a la morbosa curiosidad de los presentes. Algunos apartaron la vista. La mayoría no lo hizo. Laia estaba entre los primeros. Isaac entre los segundos.

Los dos hombres iniciaron su macabra labor: retirar los restos de las cajas, amontonarlos al fondo, buscar el espacio para acomodar el nuevo ataúd. La vieja muerte daba paso a la nueva muerte. Huesos más jóvenes a la espera de que el tiempo los devorase.

Isaac vio aquello que en el pasado fueron sus padres.

Y continuó quieto, inmóvil, como si fuera una de las estatuas que presidían los panteones y mausoleos más egregios.

Entonces, ella empezó a llorar.

Isaac la miró. Estaba a unos cinco metros a su izquierda. Ya había reparado en su persona, porque era muy hermosa, con aspecto de modelo o al menos de candidata a serlo. No la conocía, pero en la vida de Chema las mujeres siempre fueron constantes. Iban y venían con cierta asiduidad. Patricia era una de las que más le duraron, y fueron siete meses. Al verla llorar, no tuvo la menor duda de que aquélla era Laura.

Nadie más lloraba, el mundo entero le despedía con callado silencio.

—¿Desea verle por última vez, señor?

¿Lo deseaba?

—No, gracias.

Los dos hombres acataron su voluntad. Llegaba la parte final, el adiós verdadero. Levantaron la caja con la ayuda de otros dos y la empujaron por la boca del nicho. Isaac sintió frío. ¿Por qué no había incinerado el cadáver? Lo prefería para sí mismo. Probablemente lo habría hecho de no ser porque pensó que a sus padres y a Chema les gustaría reposar juntos. Él esperaba tardar mucho en morirse. Muchísimo.

El ataúd acabó siendo introducido dentro del nicho. El resto casi pareció más fácil. La lápida volvió a su ubicación eterna y la paleta empezó a colocar el cemento en los bordes. En unos minutos la ceremonia había cesado y la gente empezó a moverse, distendiéndose. Los del cementerio se acercaron en busca de la propina. Algunos de los presentes se despidieron. Un hombre colocó la fotografía del World Press Photo con un sencillo marquito apoyada en la lápida.

Ella, la mujer que había llorado, esperó hasta el final. Isaac se dio cuenta. Por esa razón también aguardó a que se le acercara cuando el último de los pésames enfiló la puerta de salida del adiós. Pese a las lágrimas y la falta de maquillaje, la belleza era notable, sólidamente dibujada en un rostro angelical, muy del gusto de Chema, sin ángulos, labrado con la exquisita perfección de un Miguel Ángel. Vestía con sobria corrección, pero ni eso impedía apreciar las formas firmes de su cuerpo.

–¿Isaac?

–¿Laura?

Pareció sorprenderse.

–¿Te habló de mí?

Y le mintió. No quiso decirle que, simplemente, era el nombre que más aparecía en el dietario de su hermano, aunque sí era cierto que Chema se la había mencionado.

–Sí, claro.

–No lo esperaba. No hacía mucho que...

–Bueno, ya sabes –se evadió–. Ésta es Laia.

Las dos se besaron.

–Chema sí me habló mucho de ti –le confesó Laura.

–Espero que bien.

Era la primera vez que esbozaba una sonrisa desde...

–Decía que eras bueno, y que serías mejor que él.

–Aún no he acabado la carrera.

–Pero él lo sabía. Le gustaba cómo escribías, tu estilo, y tus ideas. Me leyó muchas cosas.

–Vaya, lo siento.

Laura desvió los ojos de él por primera vez. Se miró la punta de los zapatos, negros, elegantes. Fue sólo un reflejo. Volvió a levantarlos para llenarle con su destello. Los tenía grises, claros y diáfanos.

–Chema y yo íbamos a vivir juntos –le confesó.

–¿De verdad? –le gustó la idea de que su hermano estuviese dispuesto a compartir su vida con alguien.

–Lo estábamos hablando. Últimamente le veía... poco feliz. Creo que me necesitaba. Primero no quería, pero al final... –suspiró y pareció a punto de volver a llorar. Lo evitó llenando sus pulmones de aire–. Chema tenía una vida muy complicada, ¿verdad?

–Sí –dijo Isaac.

–Ahora todo lo suyo es tuyo, ¿verdad?

–Sí –convino de nuevo.

La casa, las cuentas, las cámaras, las fotografías. La vida de Chema.

–Hay cosas mías en el piso –llegó al quid de la cuestión Laura–. Si pudiera...

–Claro, claro. Ningún problema –asintió rápidamente Isaac.

–¿Cuándo podemos quedar?

–Pensaba ir mañana.

–¿Mañana? De acuerdo. ¿A qué hora?

–Estaré todo el día. Supongo que habrá mucho por ver y por hablar con bancos y... bueno, no entiendo mucho de esas cosas.

–Sólo serán cinco minutos –manifestó Laura–. No es más que algo de ropa y algún objeto personal.

–Ningún problema.

–Bien.

Estaba todo dicho, pero no sabían qué más hacer, ni cómo reaccionar. Fue la mujer quien lo hizo en primer lugar. Miró el nicho y al anegarse sus ojos de lágrimas otra vez no resistió más la tensión.

–Os dejo –musitó apenas sin voz.

Besó primero a Laia. Después a Isaac. En su caso fue más que un beso. Le abrazó, con calor, con ternura. A continuación se apartó de su lado y empezó a caminar buscando la salida, aunque como en la mayoría, parecía más una huida.

Isaac y Laia se quedaron solos delante de la tumba de la familia.

Muy solos.

EL piso de Chema presentaba el mismo estado caótico que recordaba de otras veces, desde siempre, ni más ni menos. Era como si todo estuviese fuera de lugar a propósito. Los compacts por el suelo, periódicos y revistas por todos lados, montañas de vídeos apilados encima de cualquier mesita, carretes de fotografía aquí y allá, cámaras de todo tipo, objetivos y material fotográfico en el lugar más inesperado, ropa diseminada por butacas o colgada del tirador de una puerta, cintas de casete y hasta viejos discos de vinilo, que eran los únicos que parecían tener un lugar fijo, en dos muebles hechos a propósito...

Era como si alguien hubiese salido de allí a escape al declararse un incendio, o la Tercera Guerra Mundial.

Isaac se quedó paralizado en la misma puerta ante el espectáculo, pero más que por él, por la sensación generada en su alma ante el hecho de que, ahora, todo aquello fuese suyo.

Lo comprendió de golpe.

Se sintió abrumado, muy abrumado. Su vida era muy sencilla. Sus estudios, su pequeño apartamento financiado por Chema, Laia... ¿Qué más podía pedir? Aquello, en cambio, le venía muy grande, demasiado grande. Y encima Chema no era un vulgar y anónimo desconocido.

Se sobresaltó al oír el teléfono.

Y mucho más cuando, al no descolgarlo, escuchó la voz de Chema grabada en el contestador automático:

–Hola, ya sabes lo que tienes que hacer, ¿no? Salvo que seas un aborigen amazónico desde una cabina en plena selva..., venga, suelta lo que sea. ¡Y no olvides decir el día y la hora además de tu nombre y apellidos y un teléfono de contacto por si he perdido la agenda!

Lo repetía, aunque más corto, en inglés.

–Bueno, ¿qué? –se escuchó una voz femenina al final de las explicaciones y tras el zumbido pertinente–. Soy Nora. Me gustaría saber qué pasa contigo.

Nora no leía los periódicos.

La comunicación terminó tras eso, así que no pudo ser más breve, y se sintió aliviado. Aun así, no tocó el teléfono. No tocó nada. A Chema le molestaba que revolvieran sus cosas. Le molestaba mucho. Por eso no vivían juntos. Cada cual su independencia.

Y sentía como si su hermano mayor fuese a entrar por la puerta en cualquier instante, preguntándole, además, por sus exámenes.

Las cuatro paredes del estudio principal tenían paneles de corcho con decenas de fotografías claveteadas en ellos. En dos se trataba de las mejores fotografías de Chema, a juicio de él mismo, y en otros dos había instantáneas recientes. Le extrañó no ver la serie de Chiapas, con la vencedora del World Press Photo, entre las primeras. Entre las últimas había varios desnudos femeninos muy notables. Los admiró con sentimiento de *voyeur*. Chema siempre había estado rodeado de chicas guapas. ¡La envidia que le producía eso tres o cuatro años antes!

Entró en la habitación principal. El desorden era el mismo, pero exclusivamente de ropa. La cama, de matrimonio, ni siquiera estaba hecha, y se adivinaba en ella la huella de dos cuerpos humanos. El cuarto de baño no presentaba un aspecto mejor, un par de toallas caídas en el suelo, dos pares de zapatos al lado del retrete, ropa sucia, la tapa del inodoro alzada... Lo más cuidado, en cambio, era el laboratorio fotográfico donde él mismo manipulaba sus fotos. Allí sí estaba todo en orden.

Se sorprendió al encontrar, en un rincón, medio oculto por una montaña de papeles de revelado y sin ningún relieve pese a su importancia, el Ojo de Oro, la estatuilla del premio.

¿Qué hacía allí, y no en la sala, presidiendo su mundo?

Lo cogió con una mano y lo sopesó. Se imaginó a sí mismo recibiendo un premio por su labor periodística en un futuro más o menos lejano. Le parecía asombroso.

¿Por qué se suicida alguien a los tres meses de llegar a la cima?

¿Y dónde estaba la famosa foto del premio?

Dejó el Ojo de Oro en el mismo lugar en que estaba y miró los archivos. Los del laboratorio eran pequeños, con material reciente, por vender o clasificar. Los generales los tenía en una habitación destinada únicamente a eso, a guardar los negativos de las miles de fotografías que había disparado. Sólo pasaba a papel las fotos con posibilidades de ser seleccionadas para su publicación. Y ese sobrante se encontraba en otro mueble, desordenado, a diferencia del principal, con un registro de cada reportaje. Todavía no quería empezar a revolver cosas, porque se sentía nervioso cada vez que tocaba algo, o ansioso, o con miedo. Y encima, cuando todo eso se desataba conjuntamente, de lo que tenía deseos era de echar a correr y no parar. Pero las fotografías del archivo de sobrantes eran otra cosa. Por ese motivo cogió algunas.

Últimamente veía tan poco a Chema...

Sus viajes, sus chicas, su... ¿Qué? No, nada de excusas, también era culpa suya.

Le echaría tanto de menos...

Cerró el archivo y salió de la habitación para regresar a la sala principal. Al pasar junto a un mueble recordó que su hermano guardaba en él las revistas o periódicos que conseguía comprar o le enviaban con algunos de sus trabajos. Lo abrió. También allí el desorden era evidente, con montañas de páginas arrancadas y puestas una encima de otra a medida que iban siendo depositadas en esa especie de archivo.

Ya iba a cerrar el mueble, agotado, cuando de pronto la vio.

En una de las pilas, encima de todo, agazapada como si fuera a saltarle encima.

La foto.

La imagen publicada en todo el mundo, la misma del periódico del avión, la misma que con la muerte de Chema habían reproducido una vez más en los cinco continentes, la misma que él se sabía de memoria pero cuya ausencia de algún lugar preferente del piso de Chema se le antojaba extraña, aunque no era precisamente una fotografía agradable.

La imagen de la matanza de Tres Torres.

Una de las fotografías más famosas de la historia pertenecía a la Guerra Civil española, y era la del miliciano herido de muerte en el mismo instante de ser tomada la instantánea. Su autor, Robert Capa, habría sido célebre igualmente por su trabajo, pero con esa foto se hizo inmortal. Fue el mejor corresponsal gráfico de la historia, maestro de maestros. Chema Soler ya había sido equiparado a Capa por la fotografía de Tres Torres, en la Selva Lacandona de Chiapas, México.

Una mujer llevando a su bebé en brazos, corriendo desesperada, rodeada por tres pequeños más de entre cinco y ocho años de edad, dos niños y una niña, y todos ellos alcanzados por la ráfaga de ametralladora que les estaba arrebatando la vida en ese mismo instante. La imagen tenía una fuerza extraordinaria, no sólo por la posición de las personas, sino también por sus caras. La mujer, una indígena típica, joven, con dos largas trenzas que ondeaban en el aire, tenía la cabeza girada hacia un lado, en dirección a la cámara fotográfica, con una expresión de pánico azotándola en su último segundo de vida mientras en sus ojos se adivinaba el fantasma del dolor y de la muerte. Sus piernas empezaban a doblarse. El bebé que protegía en sus brazos lloraba con espanto, pero aún no había sido alcanzado por ninguna bala. De los dos niños y la niña, ella y uno de ellos caían abatidos por el fuego. El primer niño tenía los brazos abiertos y la cabeza echada hacia atrás, probablemente alcanzado por una o más balas en plena espalda. La niña, por contra, era como si cayese hacia delante, y su carita reflejaba el daño que sentía en ese preciso momento. Una bala estaba destrozándole el brazo derecho, porque se veía la carne desgarrada, y una mancha de sangre en la pierna indicaba que otra ya había penetrado en su carne con anterioridad. El otro niño, aún indemne, corría con toda su alma, ajeno a la muerte de su madre y sus hermanos. Si el rostro de los tres heridos era espeluznante, y el del bebé muy amargo, el suyo era el del miedo, el pavor, con la muerte pisándole los talones de sus pies descalzos.

Todos iban descalzos, y sus ropas mostraban su condición de indígenas.

Sí, el reportaje de la matanza de Tres Torres había sido un golpe a la conciencia humana, un correctivo a la sensibilidad internacional. Y Chema fue el encargado de hacerlo llegar al mundo. Pero mientras Robert Capa murió en Indochina al pisar una mina, su hermano se había ido por la puerta de atrás, por su propia mano.

Y la pregunta, constante, monótona, áspera y descorazonadora, seguía siendo la misma.

¿Por qué se mata alguien feliz, que ama la vida y...?

El timbre de la puerta le arrancó de su abstracción en ese instante.

LAURA no tenía mejor aspecto que el día anterior, en el entierro de Chema, pero vestía con menos rigor, y se permitía unas gotas de color que contrarrestaban su aún vívida palidez. La blusa era crema claro, la falda marrón oscuro, los zapatos a juego, ninguna joya. Llevaba una chaqueta por encima de los hombros, del mismo color y textura que la falda. Sin duda era hermosa, y su tenue maquillaje aportaba el perfecto equilibrio a esa belleza. Chema siempre había tenido buen gusto, o suerte, o las dos cosas a la vez. Isaac no era muy bueno calculando la edad de las mujeres, pero no creyó que aparentara más de veinticinco.

Se quedaron mirando unos segundos, hasta que él se apartó para dejarla entrar. Laura sostenía unas llaves en la mano. No hizo ni dijo nada. Las dejó en la entrada, sobre un mueble. Isaac supo que era para no volver a cogerlas jamás. La siguió hasta la sala, y una vez en ella esperó. Tampoco estaba muy seguro de cómo comportarse, ni de qué decir.

Temía que ella fuese a echarse a llorar.

Pero no lo hizo.

Lo miró todo, con una mezcla de amargura y nostalgia, por espacio de unos cinco segundos, y después se enfrentó a él.

–¿Cómo estás? –le preguntó.

Isaac se encogió de hombros.

–Aún no me hago a la idea, y menos estando aquí.

–Ya, claro.

–Puedes llevarte lo que quieras –la invitó el nuevo dueño del piso tratando de superar aquellos momentos de incertidumbre.

Laura no se movió. En sus ojos apareció un destello de humedad que consiguió dominar.

–¿Puedo pedirte… un favor?

–El que quieras –la invitó él.

–Chema te dejó una carta, ¿verdad?

–Sí.

–¿Cuando puedas, podría…?

–La llevo encima.

No se separaba de ella. Desde luego, ya se la sabía de memoria. Pero no se separaba de ella.

Fue hacia el pequeño maletín metálico que había cogido de su apartamento, por si necesitaba llevarse algo. Lo abrió y extrajo el sobre. Se lo tendió a Laura tal cual. La última amiga, compañera, novia o lo que fuese de su hermano, optó por sentarse al recibirla en sus manos, como si aquello fuese plomo y le pesara.

El silencio, mientras ella leía las palabras finales de Chema, se hizo opresor.

La leyó dos veces, fue evidente. Una para devorar las palabras, otra para comprenderlas. En caso de estar sola, tal vez la habría leído una tercera vez, para impregnarse de sus posibles significados ocultos, pero ya no se dio la opción. Sus ojos volvieron a llenarse de humedad, y esta vez dos gotas cayeron de ellos dando un gran salto al vacío para morir en su regazo. Se pasó una mano por los párpados para retirar sus efectos, y cuando volvió a levantar la cabeza, la tensión ya había sido detenida. Le devolvió la carta a Isaac.

—No dice mucho —suspiró la mujer.

—No —asintió él.

—Ni siquiera aclara...

Le miró, en busca de una respuesta, pero se encontró con el mismo tono y la misma pregunta en los ojos de Isaac.

—¿No sabes por qué lo hizo, verdad? —quiso saber.

—No —reconoció él.

—¿Y eso del hombre con un tenedor...?

—Ni idea.

Laura esbozó una sonrisa de pesar.

—Tu hermano siempre fue enigmático —reveló—. Enigmático y especial. Tenía un dramático sentido de la vida.

—Dice que no lo hizo por cobardía, sino por dignidad, y que no es una huida —dijo Isaac—. Pensé que tú podrías...

–No llevábamos tanto tiempo juntos. Todavía estábamos empezando.

–Pero has convivido con él en estas últimas semanas –insistió.

–Mi madre vivió con mi padre toda una vida sin llegar a saber quién era en realidad. Por eso se separaron hace poco. Vivir con alguien no significa estar en su piel, en su mente. Hay personas con una intensa vida interior, tan fuerte que no aflora al exterior bajo ningún concepto. Ésa es su coraza. Por lo general son también personas que temen ser vulnerables, que se encierran como ostras.

–Chema no era así.

–El Chema que yo he conocido, sí.

–Mi hermano siempre fue vital, extrovertido, algo loco...

–El premio le cambió, probablemente.

–¿Por qué?

–No lo sé, Isaac –manifestó con pesar Laura–. Yo le conocí dos semanas después de que se lo concedieran, y esa noche estaba borracho. Sabía quién era, y me dio un poco de corte dejarlo tirado, así que me lo llevé a mi casa. Vivo con una amiga, ¿sabes? –le aclaró–. Por la mañana insistió en hacerme unas fotos y..., bueno, empezamos a salir.

–Dijiste que ibais a vivir juntos.

–Sí.

–Es extraño. Mi hermano no era de ésos.

–Creo que me necesitaba.

–¿Eso es amor?

–No lo sé –reconoció ella–. A mí me gustaba mucho, así que estaba dispuesta a intentarlo. Chema no era fácil, siempre deprimido, al límite.

–¿Deprimido?

Se encontró con los ojos sorprendidos de Laura.

–Tu hermano no era feliz.

–¿Cómo no iba a ser feliz?

–Porque no lo era. Se sentía mal, desgraciado. La prueba es que se ha suicidado. Yo me di cuenta, pero le quería, y pensé que podría ayudarle. Por lo general lo único que necesitamos es amor. Creo que las anteriores relaciones de Chema eran más bien... físicas.

–Acababa de ganar el World Press Photo –insistió Isaac.

–¿Y qué? A veces ocurre que cuando llegas a la cima, lo único que encuentras en ella es vacío y soledad. Un premio consagrador hace que te preguntes: «¿Y ahora qué?»

–No creo que fuera el caso de Chema –volvió a insistir su hermano pequeño–. Era muy ambicioso. Para él, ese premio tuvo que ser un acicate, no un fin.

–Es extraño –Laura frunció el ceño–. Parece que no hablemos de la misma persona. El Chema que yo conocí era más bien depresivo, todo le importaba poco, y a veces era tan indiferente que... –hizo un gesto ambiguo con la mano derecha–. Me asustaba, ¿sabes? No paraba de decir que todo era una gran mentira, y una mierda. Y luego se reía y bebía.

–Desde luego no parece que hablemos de la misma persona –reconoció Isaac incrédulo.

–Muchas noches gritaba –continuó ella–. Se despertaba dando alaridos, y al encender la luz me lo encontraba sentado en la cama, sudando, con los ojos desorbitados. Otras veces ni siquiera podía despertarse por sí mismo, y según él, me llamaba pidiendo ayuda. En momentos así se volvía loco.

–¿Pudo ser la presión del trabajo?

–Es posible. No le conocía antes, pero lo de Chiapas tuvo que cambiarle, y el premio, más.

–Ha fotografiado cosas parecidas, y ha visto horrores que dejarían tocadas a muchas personas para el resto de sus días. No creo que Chiapas fuese distinto.

–La foto de esa mujer y sus hijos...

–Sí, lo sé –aceptó Isaac.

–Vio morir a todo un pueblo, ¿sabes? –el rostro de Laura era como una máscara–. Lo vio y tuvo que hacer esas fotos, porque ése era su trabajo. Nunca me habló de ello. No quería. Era algo que pertenecía a su pasado, por inmediato que fuese. Tal vez quisiera olvidarlo y ese premio se encargase de todo lo contrario. Nunca lo sabremos. ¿No se volvió loco el hombre que arrojó la bomba atómica sobre Hiroshima, pese a que él sólo cumplía órdenes? Puede que ni Chema supiese lo frágil que era, o simplemente que hubiera llegado al límite.

Se puso en pie. Tal vez para no seguir hablando, o tal vez porque ya no lograra dominarse. Isaac la vio suspirar, pasear sus agotados ojos a su alrededor y, finalmente, sacar fuerzas de flaqueza. Acabó dirigiéndole una mirada de afecto y simpatía.

–¿Puedo...?

–Sí, claro –la invitó él.

–Gracias.

No tardó ni cinco minutos en regresar del dormitorio con sus cosas, apenas unas pocas prendas metidas en una bolsa. La dejó sobre una de las butacas y entonces se dirigió al panel de corcho en el que, claveteados con chinchetas, había diversos desnudos femeninos. Isaac seguía en el mismo sitio, inmóvil, dejándola hacer libremente.

Laura comenzó a extraer las chinchetas de los desnudos fotográficos y retiró las fotos con cuidado.

Sólo entonces se dio cuenta Isaac de que todos eran suyos.

Al sonar el timbre de la puerta, y tras sobresaltarse, miró el reloj, se dio cuenta de la hora que era y de que le dolían los ojos. Fue como si despertara. Se llevó una mano a los párpados y se puso en pie intentando desperezar los músculos agarrotados por la inmovilidad. Luego caminó con presteza en dirección a la puerta.

No preguntó quién era. No hacía falta.

La abrió y se encontró con la imagen fresca y confortante de Laia.

—Hola —suspiró él agradecido.

Laia entró en el piso y le abrazó sin decir nada. El suyo fue un contacto lleno de dulces paces. Una y otro reconocieron su propio calor, sus sentimientos, y dejaron que esas simples emociones les llenaran por entero. Sólo pasados unos segundos se movieron un poco, lo justo para separar sus cabezas y buscar sus labios. El beso los apaciguó aún más.

—¿Qué tal? —cuchicheó la muchacha una eternidad después.

—Así, así —no supo qué decir él.

No perdieron el contacto, pero Isaac cerró la puerta y luego la condujo en dirección a la sala. La luz de la lámpara iluminaba los estados de cuentas, recibos, documentos y papeles en los que llevaba ya varias horas trabajando. Laia paseó una mirada un tanto desconcertada por el desorden reinante, sabiendo que no era cosa de Isaac, sino de Chema. Cuando se detuvieron en el centro de la estancia, ella lo contempló todo con mayor detenimiento.

—No sé por qué lo imaginaba así después de todo —acabó manifestando.

—Mi hermano era un auténtico anarquista de las formas —admitió él antes de preguntarle—: ¿Quieres ver el resto?

No pareció muy contenta con la idea, y sin embargo dijo:

—De acuerdo.

La llevó al dormitorio, al laboratorio, al baño, al archivo. Laia se limitó a mirarlo todo, con dolor pero al mismo tiempo tratando de mostrar el más comedido de los desapasionamientos. También a ella le costaba digerir la idea de que Chema no volvería, y de que ahora todo aquello era de Isaac. Más aún: que aquel piso era desde ahora el suyo, le pertenecía, y que no valía la pena pagar el alquiler del estudio teniendo una casa en propiedad.

Una casa en la que incluso ella podía vivir si aceptaba la relación total con Isaac.

–¿Ha venido Laura? –quiso saber de pronto.

–Sí.

–¿Qué tal?

–Nada. Se ha llevado sus cosas, algo de ropa y unas fotos.

–¿Habéis hablado?

–Sí, por supuesto, mucho rato.

–¿Qué te ha dicho?

–Está tan desconcertada como yo –admitió Isaac–. No lo entiende.

–Pero ella tenía una relación con tu hermano, ¿no?

–Sólo dos meses y medio. No tuvo mucho tiempo. En el fondo puede que sepa más Patricia, que era la que estaba con él cuando hizo las fotos de Chiapas y cuando ganó el World Press Photo.

–¿Por qué lo dices?

–Porque según Laura, Chema cambió con eso.

–¿Por el premio?

–Sí.

–¿Qué relación puede haber entre ganar un galardón internacional, llegar a la cumbre, ser famoso y matarse?

–No lo sé, pero Laura me ha contado algunas cosas. Por ejemplo, que conoció a Chema estando borracho como una cuba, y que por las noches se despertaba pegando gritos, y que todo le daba igual.

–¿Chema? –se extrañó Laia.

–Es absurdo, ¿verdad? Es como si no me hablase de la misma persona.

–Debió de sucederle algo –dijo la muchacha–. Y a lo peor con ella, y no quiere decirlo. Su muerte es extraña, pero que diga todo eso... Bueno, no sé, por lo que tú me contabas de él...

–Y te decía la verdad. Chema era ambicioso, profesional, y adoraba el éxito. Me cuesta creer que en estos meses cambiase tanto.

–No vayas a sentirte culpable ahora, que te conozco –le previno Laia al ver cómo le cambiaba la cara.

–Tal vez si hubiese estado más cerca...

–Espera, espera –se colocó delante de él–. ¿Qué quieres decir con eso? Tú estabas estudiando, y él de un lado para otro. No podías saber si le sucedía alguna cosa, pero él sí podía llamarte en el caso de que le pasara algo o se sintiese solo, ¿vale?

–Me lo he repetido varias veces, sí –convino Isaac–. Pero aun así, por teléfono...

Laia le puso las dos manos en la cara, aprisionándole las mejillas. Impidió que continuara hablando con un beso. Notó cómo le tranquilizaba, así que lo prolongó cálidamente. Cuando se separó de él, parecía más relajado, así que aprovechó para abandonar el tema de forma definitiva.

–¿Qué has encontrado? –señaló los papeles diseminados en torno a la butaca en la que él parecía haber estado trabajando.

–Las cuentas parecen claras –manifestó Isaac con naturalidad–. He encontrado una caja con dólares, marcos, libras, francos franceses y belgas, yenes... Habrá como tres cuartos de millón de pesetas al cambio, puede que más. En los bancos tiene poco saldo. Un millón y pico, casi dos, en una cuenta, y trescientas setenta y no sé cuántas mil en otra. Esta última es la de los gastos de la casa. La otra era para que le ingresaran el dinero por los reportajes o para hacer operaciones diversas.

—¿Y el dinero del premio?

—Lo puse en un fondo de inversión, a mi nombre y al suyo.

—¿De los dos?

—Sí.

—¿Cuándo fue eso?

—Hace un mes.

Laia parpadeó aún más abrumada. Y no precisamente por la inesperada fortuna de su novio.

—Desde luego es desconcertante —admitió.

—Yo diría más —el tono de voz de Isaac era muy triste—. A mí me parece absurdo, tan absurdo que…

Laia se acercó otra vez a él, hasta rodearle con sus brazos. Le miró desde esa nueva proximidad sin repetir el beso anterior.

—Isaac, por favor —suplicó—. No vas a sentirte culpable de nada, ¿verdad?

Los ojos del muchacho le mostraron la profundidad de su dolor. Un dolor demasiado latente para renunciar a él.

—¿Por qué no confió en mí? —preguntó en voz alta.

—Puede que estuviese demasiado solo esa noche en Madrid.

—Podía haberme llamado por teléfono. Estaba en casa, estudiando.

—Cielo, nunca sabremos la verdad, así que no te tortures.

—¿Por qué no vamos a poder saberla? —frunció el ceño él.

–Tú lo has dicho: no has encontrado nada. Pasó por un mal momento y se dejó llevar.

–¿Y su carta?

–Pero si no dice nada.

–Sí dice. Habla de dignidad, de que no se va por cobardía, de que no huye ni abandona, y al mismo tiempo me lanza un mensaje: me dice que sea honrado y honesto. ¿Por qué?

–Es lo que le diría un padre a un hijo.

–No es lo que me hubiese dicho Chema a mí en otras circunstancias.

–Exacto: en otras circunstancias.

–Laia –la besó en la frente un instante antes de continuar–, una vez le pregunté qué sentía ante el dolor ajeno, y cómo tenía estómago para estar haciendo fotos en mitad de una guerra o capturando con su cámara el sufrimiento de los demás. Quería saber cómo le afectaba aquello, si es que le afectaba de alguna forma. Se lo pregunté después de que hiciera fotos a unos soldados israelíes a los que acababa de caer encima una granada. Todo eran miembros amputados y vísceras saliendo por las heridas abiertas, con los soldados aún vivos y pidiendo ayuda. ¿Te das cuenta? Ellos muriéndose y un desconocido fotografiando su dolor y su agonía. Un espectáculo. ¿Sabes lo que me dijo? –y respondió sin esperar–: Me dijo que si hubiera querido ayudar, que si se sintiese como una porquería por lo que estaba haciendo o por lo que pasaba, se habría hecho miembro de una ONG. Pero que como no era lo que le gustaba, que lo suyo era hacer fotos, para que el mundo conociese esa realidad y tratara de reaccionar, las hacía bloqueando sus sentimientos, fría y profesionalmente. Lo cual no significaba que, después de hacer las fotografías, volviera a ser un humano y ayudase a aquellos desgraciados.

De hecho fue él quien tomó la radio de uno de los soldados y pidió ayuda.

–O sea, que Chema era impermeable.

–Bastante impermeable –concedió Isaac–. Era muy bueno en lo suyo, profesional, entregado, y con el corazón lo suficientemente forrado de plomo como para no andar vomitando cada vez que veía lo que veía. Según él, las guerras las iniciaban unos, y él se limitaba a dejar constancia de ellas. A su modo, ayudaba, pero sin olvidar qué y quién era y qué le impulsaba a tomar esas fotos en mitad de tanto dolor.

–Y según tú, alguien como él no se suicida así como así.

–Exacto.

–Pues lo hizo –fue terminante Laia–. Puede que al final todo se le viniese encima. Ya sabes: nieva y nieva y en una azotea se amontona la nieve. Parece que va a resistir, hasta que un simple copo de más... hace que la azotea se hunda y aplaste a los de dentro, por no quitar la nieve a tiempo.

–De acuerdo –la frustración volvió a emerger del interior de Isaac, acompañada ahora por la explosión final de su dolor–, pero ¿por qué no me llamó para que le ayudara? ¿Por qué? –miró a Laia con el reflejo visible de ese dolor–. Era mi ídolo, mi espejo, ¿entiendes? Y él lo sabía. Sabía que le admiraba y que quería ser como él y... ¡Joder, joder! ¡No hago más que pensar en esa carta, en su significado, en lo que podía estar sucediéndole!

–Isaac... –la voz de la muchacha tembló lo mismo que el brillo titilante de sus ojos–. No te obsesiones con ello, ¿vale? –le puso de nuevo las dos manos en la cara, sujetándosela y obligándole a mantener la mirada fija en la suya–. Te he visto obsesionado un par de veces y no me gusta. Pierdes la razón. Cuando te sucede dejas de ser tú.

–Entonces, ¿qué quieres que haga?

–Olvídalo.

–¿Qué?

–Ha muerto. Ha querido descansar en paz. No vayas a meterte tú ahora en una guerra de la que no sabes nada.

–¡Era mi hermano! –gritó.

–¡Y se ha matado! –le gritó a su vez Laia–. ¡Tú debes vivir!

Isaac la miró fijamente un par de segundos. Estaba muy enamorado, mucho, y jamás habría imaginado que teniéndola tan cerca lo único que no deseara fuese besarla. Pero en esta ocasión fue así. La lucha de su desazón chocó frontalmente con las precauciones y la zozobra de su novia. Y con algo más.

–¿De qué tienes miedo?

–No lo sé –admitió la muchacha con inquietud–. Pero lo tengo. Y no por él, sino por ti.

–¿Quieres que siga como si tal cosa, sin intentar saber qué le pasó a Chema?

–Quiero que no te tortures por el hecho de que no te llamara ni que te obsesiones buscando una verdad o una razón que tal vez no exista.

–¿Y piensas que puedo seguir viviendo así, como si tal cosa, ignorándolo?

Por primera vez, Laia chocó contra el muro que él había alzado ante ella. Un muro de cerrada tozudez, de individualismo, de tesón y voluntad. Ya conocía esas características en Isaac, pero no la fuerza con la que las esgrimía ahora. Ni siquiera sabía que pudiera alzar aquel muro.

Firme, decidido.

La sorpresa la hizo estremecer.

Y la mirada de Isaac le reveló el resto.

–O sea que... ¿vas a investigar? –balbuceó impresionada.

–Sí –admitió Isaac.

–¿Y qué puedes hacer tú?

–No lo sé.

–Entonces...

–Por lo menos sabré que lo he intentado –dijo él decidido–. Se lo debo a Chema, y me lo debo a mí mismo.

Laia ya no contestó.

Fue suficiente con abrazarle, temblando, mitad consternada pero también, y comprendiéndolo de pronto, mitad orgullosa.

Aunque Isaac no se diera cuenta de esto último.

No tuvo que esperar demasiado, apenas cinco minutos de reloj. Se entretuvo mirando las portadas ampliadas de algunos ejemplares del periódico. Portadas históricas, como las de diversas elecciones, nacionales y autonómicas, o como las de varios éxitos deportivos, tipo la obtención de la Copa de Europa por parte del Barça. Llenaban las cuatro paredes de la sala, y ofrecían un mosaico variopinto del pasado más reciente. Lo curioso era que, incluso la más próxima en el tiempo, se adivinaba ya añeja, cubierta por la pátina de esa misma historia acelerada que vivían desde la globalización del planeta Tierra a partir de los años sesenta.

Todo estaba ahí, a la vuelta de la esquina, y sin embargo...

Rogelio Puig apareció inesperadamente. Abrió la puerta de golpe y se coló en la sala al tiempo que Isaac giraba la cabeza para mirarle. No dijeron nada. Dejaron que primero sus manos se estrecharan con fuerza para, acto seguido, abrazarse con calor. No eran amigos, sólo conocidos, pero les unía algo en común: Chema.

Rogelio Puig y su hermano habían compartido reportajes, viajes, no pocos sucesos, sustos, y también mesa allí mismo, en el periódico. En el entierro tal vez fuera uno más. Ahora no.

–Isaac, chico –suspiró mientras le palmeaba la espalda–. ¿Cómo estás?

–Mejor –mintió él.

–Cuando me han dicho que estabas aquí... –se separó de su lado para mirarle fijamente–. ¿Algún problema?

–No, ninguno.

–¿En serio? ¿Necesitas algo, dinero, un trabajo de lo que sea?

–Nada, gracias. Sólo información. Aunque si te molesto puedo regresar cuando me digas, o quedamos para más tarde, o mañana, o cuando tú quieras.

–Tranquilo, no tengo nada entre manos que no pueda esperar diez minutos –le aseguró el periodista antes de cambiar de expresión y preguntar–: ¿Información? ¿Qué clase de información?

–Sobre Chema.

–No entiendo.

–Quiero saber en qué andaba metido y por qué se mató.

Los ojos del periodista quedaron enmarcados por sus cejas cuando las alzó extrañado por las palabras de Isaac. Todavía seguían de pie, así que fue el primero en sentarse, en una silla situada a la cabecera de la mesa de reuniones que presidía la sala. Isaac hizo lo mismo en otra, frontal a la suya, sin dejar de mirarle fijamente.

–El motivo de que se matara también me gustaría conocerlo a mí –le reveló pesaroso–. Pero de lo otro...

–¿No sabes en qué trabajaba?

–No, ni idea. Menudo era tu hermano para contar nada.

–¿Ni siquiera entre colegas?

–Isaac, que éste no es un trabajo normal de esos que al echar el cierre te puedes ir de copas con los amigos y comentar la jugada. Aquí todos vamos de puto culo. Bueno –le hizo un gesto evidente–, tú estudias periodismo, ¿no? Pues ya sabrás algo, amén de conocer la vida de Chema.

–Ahora me doy cuenta de que no la conocía demasiado bien. Siempre estaba viajando. Apenas le veía, ¿sabes? Y ahora... –reflejó su desasosiego al no poder terminar la última frase.

–Ya –suspiró Rogelio Puig comprendiéndole a la perfección.

–¿Y los compañeros? –insistió Isaac–. Algo habréis comentado.

–Lo normal. El que menos está hecho polvo. Más de uno ha dicho que todos acabaremos así –le apuntó con el dedo índice de su mano derecha y cambió el tono para agregar–: Que esto quema, ¿sabes?, aunque nadie lo cambiaría por otra cosa, porque se lleva en la sangre. Los que pisamos la calle, viajamos, nos partimos el alma por una noticia o un reportaje... Y además, tu hermano era *free lance,* aunque prácticamente todo fuese para nosotros.

–Me han dicho que a raíz de ganar el World Press Photo cambió.

–Te han dicho bien –asintió Rogelio Puig.

–No lo entiendo.

–Si he de serte sincero, fue como si el premio le hiciese polvo.

–¿Por qué?

–No lo sé. Parece imposible que un tío que se lo ha currado, que nunca le hizo ascos a nada, y menos al dinero o el éxito, se quedara conmocionado al lograrlo, pero fue lo que le pasó. Nos quedamos bastante sorprendidos.

–Hay una frase que dice: «Cuidado con lo que deseas, porque puedes conseguirlo.»

–Será eso. No sería el primero que al llegar a la cima no sabe qué hacer en ella, ni para qué diablos ha querido estar ahí.

–¿Os comentó algo?

–No, más bien fue su actitud –el periodista movió la cabeza y plegó las comisuras de los labios–. El primer día que apareció por aquí después de que le concedieran el premio, ya puedes imaginarte, todo el mundo le rodeó entusiasmado, le propusieron que se pagara algo y… bueno, todo ese rollo. ¿Sabes qué hizo él? Pues… ¿cómo te lo explicaría yo? Decir incluso que estaba sarcástico es poco. Lo que estaba era agresivo, hiriente, mordaz, lleno de frases punzantes, pasota y quedón, pero yo le vi algo más: un poso de amargura enorme. No le di importancia, porque cuando vas por ahí con una cámara, y dispuesto a contar lo que ves…, el que menos está loco. Pero se montó una fiesta que no veas. Una fiesta en la que no faltó de nada y en la que acabó borracho perdido y con dos chicas, una en cada brazo. Ni siquiera sabía que no tenía a nadie en ese momento con él, porque a la última la conoció después de eso. Sin embargo, yo no he visto a ninguna persona más triste en la vida.

–¿Triste? ¿En qué sentido?

–Como si pasara de todo, como si le importara una mierda el mundo entero, y por supuesto el premio. Yo le llevé a su casa, bueno, a él y a las nenas, porque no se tenía en pie. Mientras subíamos en el ascensor se quedó mirándome con los ojos vidriosos y me dijo: «Rogelio, esto va a estallar, tío. Vamos a conseguir que estalle, entre todos. Y probablemente sea lo mejor de una puta vez.»

–¿A qué se refería?

–Ni idea. Acabó de decir eso y le pegó un beso a una de las pavas. Ahí acabó todo.

–¿Luego no le preguntaste...?

–No, ¿para qué? Cuando uno está borracho siempre dice chorradas.

–¿Crees que no resistió la presión del trabajo?

–¿Él? –Rogelio Puig puso cara de circunstancias, con las comisuras de los labios plegadas ahora hacia abajo–. Chema podía con todo, aunque... vete tú a saber. Era un tío muy suyo, iba al grano, profesional al ciento por ciento, y dispuesto a dar su alma por una buena foto. No encaja en la imagen del médico afectado por la muerte de los pacientes o del periodista harto de ver lo que ve –hizo una pausa y agregó–: De todas formas, el premio fue la guinda, porque ya antes parecía otro.

–¿Desde cuándo?

Rogelio Puig llenó sus pulmones de aire.

–Desde lo de Chiapas.

–¿La matanza de Tres Torres?

–Sí. Por raro que parezca, hasta yo reconozco que de ahí vino tocado de alguna forma.

–Kurt Cobain, el cantante de Nirvana, se suicidó al no soportar haberse hecho rico cantando las infelicidades y desgracias de los demás. No podía dejarlo ni tampoco podía seguir.

–Chema hizo fotos peores en Palestina o en Chechenia, y no digamos en Ruanda. Tenía estómago.

–Pero siempre hay un punto crítico, o un punto sin retorno –dijo Isaac–. Y ese reportaje...

–Te repito que no veo a Chema en esa tesitura. Aunque desde lo del premio... no sé, chico –admitió el periodista–. Venía por aquí pidiendo que le enviaran a cualquier parte y cuanto antes. Necesitaba movimiento, y cuanto más conflictiva fuera la zona, mejor, aunque las dos últimas cosas que hizo las llevó a cabo por su cuenta, sin esperar nada del periódico. No quería permanecer quieto ni un minuto. Eso no lo hace una persona agotada.

–Pero sí alguien que huye hacia delante, que corre desesperadamente y no quiere detenerse –mencionó Isaac.

Rogelio Puig le miró con acritud, pero lo que fuera a decirle murió antes de fluir de sus labios. Si la conversación iba a prolongarse más, en ése u otro sentido, ya no lo supieron, porque en ese instante se abrió la puerta de la sala y por ella apareció una muchacha de unos veinte años, de cara muy blanca y cabello muy corto. Fue lo único que los dos vieron de su persona, porque sólo sacó la cabeza por el quicio para decir a la velocidad de una ametralladora:

–Roger, al teléfono, urgente.

Eso marcó el fin de su diálogo.

Al abrirse la puerta del piso, se encontró con la mirada estupefacta de su anfitriona. La sostuvo unos pocos segundos, hasta que ella logró articular la primera palabra.

–Isaac.

En el tono se mezclaron sorpresa y desasosiego.

–Hola, Patricia.

No la pillaba en buena hora, se adivinaba, pero la belleza de la anterior novia, o compañera, o amiga de su hermano se manifestaba intacta pese al desarreglo, como él la recordaba de unos meses atrás. Claro que parecía haber pasado una eternidad desde aquello. Patricia seguía teniendo aquellos hermosos ojos grises, y sus labios carnosos, y un cuerpo de mujer exuberante prisionero de sus veintipocos años. Vestía una simple batita que le llegaba hasta la mitad de los muslos, iba descalza y llevaba el cabello recogido en una especie de moño. Pero su imagen resultaba tan turbadora como cuando desfilaba por una pasarela o lucía sus mejores galas.

Isaac, como buen hermano menor, había estado literalmente colgado por ella.

El intercambio de miradas no duró más allá de otros tres segundos. Patricia acabó apartándose para dejarle libre el paso. Su visitante entró en aquel apartamento cuidado, arreglado. Las paredes estaban llenas de fotografías de la propia Patricia, posando, exhibiendo ropas, trajes de baño o peinados, desfilando. Cien rostros distintos, y todos de la misma mujer. Chema había tenido aquel cuerpo entre sus brazos, aquel rostro frente al suyo, aquellos labios en su piel, y lo había dejado escapar. Isaac aún se preguntaba por qué, aunque Laura fuese casi tan hermosa como Patricia.

–¿Quieres tomar algo?

–No, gracias.

–¿Cómo estás?

–No lo sé –reconoció él.

–Cuando lo leí me quedé bastante impresionada –admitió Patricia.

Isaac se sintió un tanto cansado. Sabía qué estaba haciendo allí, pero todavía le costaba centrarse y actuar como periodista, o como detective. Patricia y Chema habían terminado mal. Ella tal vez le odiase. No pudo evitar dejarse caer sobre una butaca, sin esperar a que le ofreciese asiento. La contempló desde esa nueva perspectiva.

Patricia optó por imitarle. Lo hizo en el sofá, a su derecha. Estiró las piernas desnudas sobre él. Isaac no pudo dejar de mirarlas.

−Si te molesto... −dijo.

−No te preocupes −le tranquilizó ella−. Supongo que no será una visita de cortesía.

−No, claro.

−Tampoco creo que Chema me haya citado en su testamento −mostró una débil sonrisa de pesar.

−No veía mucho a Chema últimamente −dijo él−, así que su muerte me ha cogido de improviso. Estoy intentando saber qué pasó.

−Olvídalo.

Se encontró con sus ojos, ahora fríos y seguros. Los suyos reflejaron la incertidumbre que sentía.

−¿Que lo olvide?

−Exacto.

−¿Por qué?

−¿Te dejó Chema algo que justificara su acción?

−No.

−¿Lo ves? −abrió una mano haciendo un gesto explícito−. Chema era así, y por supuesto imaginaba que habría muerto así.

−Pero se mató, en Madrid, solo, y tuvo que ser por algo.

−¿Por qué crees que rompimos?

−No lo sé.

−Mira −suspiró Patricia−, Chema era un cerdo, ¿sabes? Y perdona que te lo diga. Pero era mi cerdo, y yo le quería. Estaba enamorada de él. Enamorada hasta aquí −se llevó la mano a la altura de la frente−. Sé muy bien que en los viajes se acostaba con todo el mundo, porque la tensión le hacía generar tanta adrenalina que necesitaba quemarla, y para él, sólo había dos formas de hacerlo: trabajo y sexo. Sé que cada noche, estuviese donde estuviese, se tiraba a alguna, la que fuera, una periodista, una prostituta, una camarera... Me habitué a ello y, créeme, no fue sencillo. Pensé que también yo, siendo modelo, podía hacer lo mismo. Sin embargo no era una situación fácil, ni cómoda, así que en las últimas semanas de nuestra relación todo echaba chispas. Salvo en la cama, el resto era falso. En fin... –movió la cabeza horizontalmente y con pesar–, está muerto y no tiene sentido que te diga esto. Debo de parecerte muy cruel.

–Prefiero que lo seas.

–¿Por qué no dejas las cosas como están? –le sugirió ella–. A veces, si escarbas en la mierda, lo único que haces es encontrar más mierda. Te repito que si él hubiera querido contarte algo, lo habría hecho.

–Me dejó una carta.

Patricia enarcó las cejas.

–¿Qué decía?

–Nada, ambigüedades. Que hacía lo mejor para todos, que fuese honrado, que no se iba por cobardía, sino por dignidad, que no le juzgase demasiado severamente...

–Curioso –esbozó una sonrisa triste–. No se corresponde con él.

–¿En qué sentido?

–Eso de escribir una carta de despedida.

–¿No lo hacen la mayoría de los suicidas?

–Chema no pensaba mucho en los demás.

–Estábamos solos. Él y yo.

Patricia captó la acritud en el tono de Isaac. Extendió una mano y la posó en el brazo de su visitante. Se lo presionó ligeramente y envolvió sus siguientes palabras en un nuevo suspiro.

–Perdona –se excusó–. Supongo que te hablo más como una novia despechada que como una persona con sentido común.

–Te hizo daño, ¿verdad?

–Supongo que sí. La mayoría de los hombres pierden el culo por mí, así que no debo de estar acostumbrada a perderlo yo por un hombre. Me hizo sentir muy frágil y vulnerable.

–Todo el mundo dice que el premio le cambió, que le hizo polvo, y que estos últimos meses fueron un infierno.

–No he estado con él estos últimos meses, pero sí vivía con él cuando hizo esas fotos, y cuando las publicó. Desde luego, ahí empezó todo.

–Mi hermano había hecho fotos peores.

–¿Qué quieres que te diga? –se encogió de hombros–. El día que se marchó parecía muy contento, feliz. Me dijo que iba a meterse en una de las últimas revoluciones románticas del siglo XX. Y le encantaba México, su gente, su comida. Quería entrevistar al líder del NMZRLN, ese tal comandante Miguel. Estuvo dos o tres semanas fuera. Un día regresé de París y me lo encontré en casa. Parecía diez años más viejo.

–¿Qué te dijo?

–Nada.

–¿Nada?

–No, nada. Luego vi las fotos y lo comprendí todo.

–¿Ningún comentario?

–Tampoco insistí. El día que se publicó el reportaje se fue de nuevo, y estuvo una semana fuera. No creo que tuviese trabajo alguno. Después regresó y las cosas siguieron más o menos igual, pero desde luego él ya no era el mismo. Parecía poseído por una furia incontrolable. Ni él ni yo lo hablamos, y eso acabó por conducirnos a un callejón sin salida. Antes de Chiapas, Chema era bastante cínico y egocéntrico. Lo único que le importaba era sacar la mejor foto. Vivía para su trabajo. Pero tras lo de Chiapas...

–Puedes decirlo, por favor.

–Se volvió asqueroso, Isaac –le confió Patricia sin ambages.

–Vio una matanza.

–No sé lo que vio exactamente, ni lo que sintió, pero desde luego no era pena, sino rabia, odio, intolerancia. Luego resulta que le dan un premio internacional por la foto de la mujer y sus hijos... No sé, tuvo que parecerle una jugarreta del destino. Odiaba ese reportaje.

–Es una foto muy dura.

–Es una foto asquerosa –manifestó ella–. No por la foto en sí, entiéndeme, sino por lo que refleja. Alguien estaba ametrallando a esas gentes, y alguien dio una orden. Y ése es el mundo en el que vivimos. Tu hermano captó justo eso. Le dieron un premio por vivir en un mundo en el que pasan cosas así. A mí me resulta de lo más alucinante. Es como si periodistas y fotógrafos esperasen cada año una buena dosis de guerras para poder escribir de ellas y sacar esas fotos. Nadie premia a un niño riendo mientras se come un helado. Se premia el horror.

–¿Y aún te extraña que Chema cambiase? Era un ser humano, y tenía sentimientos.

Patricia no quiso comentar sus palabras. Se limitó a mirarle unos segundos. Al volver a hablar, fue como si le hubiese dado un giro inesperado a sus circunloquios mentales.

–Cuando supe que estaba con otra, me pregunté qué clase de mujer podía aguantarle si es que seguía igual.

Isaac pensó en Laura. Tal vez la clave fuese su dulzura.

Aunque todas le amasen igual, sin reservas, de una forma casi enfermiza.

Patricia bajó la cabeza, dominada por el silencio de su visitante tanto como por sus propios sentimientos, ahora fluyendo como una fina lluvia sobre su conciencia.

–Lo siento –se excusó de nuevo–. Después de todo, está muerto, y tú…

–¿Sabes qué hace un hombre con un tenedor en una tierra de sopas?

–¿Qué?

–Chema lo escribió en esa carta. Dijo que yo tenía que dar con la respuesta.

Patricia le miró aún más extrañada.

El silencio hizo comprender a Isaac que su estancia allí había terminado.

Laura no parecía sorprendida de verle. Tenía la puerta abierta y le esperaba en el rellano después de que él hubiese llamado desde abajo. La sonrisa en sus labios era tan triste como cariñosa. Los ojos mantenían la misma plácida y dolorida serenidad del día anterior. Al salir él del camarín del ascensor, ella le dio dos besos en las mejillas. Luego le pasó la mano derecha por la correspondiente a ese lado.

–¿Cómo estás? –le preguntó.

Isaac hizo un gesto ambiguo.

–Como decía Janis Joplin, «Sigo moviéndome, aunque no sepa por qué».

–¿Quién era?

–La mejor cantante blanca de blues que ha existido. Murió sola y borracha en la habitación de un hotel, en 1970, mientras grababa su tercer disco.

–Vamos, pasa –le invitó con apenas un hilo de voz.

Entró en el apartamento. Era pequeño, confortable, y destilaba un muy buen gusto femenino. Recordó que Laura le había dicho que lo compartía con una amiga. No se quedaron dentro. Salieron a una terracita en la que había un parasol, una mesa y media docena de sillas de plástico, además de dos tumbonas. La bata que llevaba su anfitriona le hizo pensar que tal vez estuviese tomando el sol. En una de las tumbonas vio un libro abierto boca abajo.

Se sentaron en dos sillas, al amparo del parasol.

–Perdona que me haya presentado sin llamar –dijo a modo de excusa.

–No importa.

Se lo dijo de forma abierta y directa.

–Estoy tratando de saber por qué se mató Chema.

Laura acusó el leve impacto. Fue sólo un ramalazo que la sobrecogió, diseminando una pequeña descarga eléctrica a través de su cuerpo. Miró a Isaac desde una distancia cómplice.

–Estás en tu derecho, claro –musitó.

–No te veo muy convencida.

–¿Qué quieres que te diga? Probablemente se sintió solo en un mal momento.

–Me resisto a creer que fuese así de sencillo.

–Pues yo casi lo preferiría –apretó las mandíbulas con rabia e impotencia a la vez–. Se supone que estábamos juntos, que nos queríamos, que teníamos planes. Me siento como si le hubiese fallado.

–Yo también, por eso quiero saber la verdad.

–¿Y si sólo se falló a sí mismo?

Isaac sostuvo su mirada. En el fondo era la misma de Patricia. Dos mujeres enamoradas de Chema, y condenadas a olvidarle. La diferencia era que mientras Patricia podía odiarle, Laura no. Laura era una especie de viuda con las cicatrices aún recientes.

–¿Cuándo fue la última vez que le viste? –preguntó, obviando el último comentario de Laura.

–Dos días antes de que se fuera a Madrid.

–¿Os peleasteis o algo así?

–No –frunció el ceño al pronunciar la rápida respuesta, dolorida por la simple duda expresada en la voz y las palabras de Isaac.

–¿Qué te dijo?

–Nada en concreto. Que se iba y nada más. Le pregunté que adónde y me respondió que tenía algo entre manos. Cuando no me daba una respuesta directa, yo ya ni preguntaba, así que no lo hice tampoco esta vez. Ni siquiera supe que se iba a Madrid.

–¿Cómo estaba?

–Normal. Bueno… tan normal como en las últimas semanas.

–O sea, deprimido.

–Quería pensar que era cansancio, o me engañaba a mí misma, pero sí, estaba deprimido. Necesitaba salir de aquí, coger un avión cuanto antes y meterse en alguna guerra.

–¿No volviste a saber de él?

–Me llamó por teléfono al día siguiente.

–¿Algo en concreto?

–No, saber cómo estaba, decirme que seguía en España…

–¿Te dijo si estaba en Madrid?

–Sí, pero no en qué hotel.

–¿Nunca estabas celosa?

–No, no va con mi carácter.

–¿De verdad no recuerdas nada, por vago que sea?

–Le he dado muchas vueltas, ¿qué te crees? He tratado de revivir los últimos días, y también esa conversación telefónica, por si en ella pudo existir una clave…, pero no, nada.

–¿Te dice algo el nombre de Victorino Martín?

–No, ¿por qué?

–Estaba anotado en su dietario, justo la tarde…

–Lo siento.

–¿Puedo hacerte una pregunta personal?

–Las que quieras –le invitó ella.

–Dijiste que Chema gritaba algunas noches.

–Sí.

–¿Qué gritaba?

–No es que hablase en sueños, pero un par de veces sí dijo algo, cosas inconexas. Decía «¡No!», «¡Cabrón!», «¡Cuidado, cuidado!» y también un nombre: «Tejada.»

–¿Cómo sabes que era un nombre?

–Una noche dijo «No lo haga, Tejada», y otra, «Tejada, hijo de puta».

–¿Le preguntaste?

–Sí, y me dijo que era el diablo.

–No entiendo.

–Yo tampoco, Isaac –negó con la cabeza Laura–. No eran más que diálogos para besugos. Chema era muy críptico, y yo preferí meter la cabeza bajo tierra, como los avestruces. Ésos son mis remordimientos.

–No los tengas. Mi hermano siempre trataba de bloquear y blindar los suyos.

–¿Entonces por qué estás investigando su muerte?

–Tú llevabas con él menos de tres meses. En mi caso se supone que debía compartir su vida.

–Y él la tuya, cosa que no hacía. Te pagaba estudios, casa, pero nada más.

–¿Por qué, siendo como era, le quería tanta gente?

Laura logró sonreír.

–Despertaba instinto maternal –le confió–. Dicen que se quiere más a las personas por sus defectos que por sus virtudes, así que... –volvió a sonreír antes de cambiar el tono de sus palabras–: Pero no, no sólo eran esos defectos. Chema enamoraba. A veces parecía duro, un completo cretino, y otras, tierno, dúctil, pero en uno y otro caso, si tenía cerca a una mujer, podía acabar en sus brazos. Carla, la que vive conmigo, me pidió que si un día lo dejábamos se lo dijera. Lo malo de esa clase de hombres es que pueden hacer lo que quieran de una. Si son buenos, es maravilloso. Si no...

–Contigo fue la primera con la que estaba dispuesto a convivir.

–Yo también despierto instintos maternales –sonrió Laura–. Muchas personas solitarias o con infancias difíciles acaban convirtiéndose en esponjas capaces de absorber cariño sin cesar.

–¿Tuviste una infancia difícil?

–Sí.

–Lo siento.

–Soy hija natural, nunca conocí a mi padre, crecí avergonzada por ello, mi madre murió cuando yo tenía quince años y me fui a vivir con una tía, al año tuve que irme porque su marido era demasiado cariñoso conmigo... ¿Quieres que siga?

Deseaba oír la historia. Sin embargo de sus labios fluyó un respetuoso y lacónico:

–No.

–Supongo que Chema y yo teníamos mucho en común, más allá del amor o el sexo. Los dos nos necesitábamos. Yo lo pasé mal, como él, así que eso nos hermanaba, nos hacía dependientes el uno del otro. Le entendía, y aunque a veces no fuese muy legal..., sentimentalmente hablando nos comprendíamos y nos ayudábamos. Por eso su muerte es tan absurda.

–¿Alguna muerte no lo es?

Laura obvió la respuesta. Todo parecía dicho, así que los dos se dejaron mecer por unos segundos de silencio compartido. Fue ella la que lo rompió llenando su voz de medrosas ternuras.

–¿De veras quieres investigar? –quiso saber.

–Sí.

–¿Y si lo que descubres no te gusta?

–Era mi hermano –dijo como si eso lo justificara todo.

Laura acabó de convertir sus sentimientos en miedo.

–Ten cuidado, por favor.

–Lo tendré.

–Tienes a tu novia, pero si me necesitas...

–Gracias.

Isaac se puso en pie dispuesto a marcharse.

De pronto sabía exactamente lo que tenía que hacer.

LAIA recibió la noticia con más sorpresa que enfado. Enarcó las cejas dando rienda suelta a los primeros impulsos que la declaración de Isaac le producía.

–¿Que te vas a Madrid?

–Sí.

–Ya estuviste en Madrid.

–Pero para recoger su cuerpo y sus cosas. No hice nada más.

–¿Qué esperas encontrar ahora?

–Quiero ver a ese tal Victorino Martín. Pudo ser la última persona que le viera con vida. Y desde luego me hospedaré en el mismo hotel.

–Dios mío –suspiró Laia–. ¿Te has vuelto loco?

–Creía que me apoyarías –lamentó Isaac.

–Cariño –Laia se abrazó a él–, claro que te apoyo. Te apoyo y te quiero, pero tengo mucho miedo de que todo esto acabe haciéndote daño.

–¿Más del que ya me ha hecho?

–Chema se mató –insistió la muchacha–. Debía de tener la cabeza llena de cosas, la presión de su trabajo..., qué sé yo. No fue un asesinato, y tú te comportas como si fueras el detective de una película americana. Todo lo que conseguirás, si es que consigues algo, es bucear en lo más profundo de su alma, y si lo que descubres en ella no te gusta...

–En esa carta hay muchas claves –le confió Isaac–. Y si quiero ser periodista, he de conocerlas. Creo que Chema trataba de decirme algo.

–¡Claro que te decía algo! ¡Te pedía que fueras fuerte, distinto a como ha resultado ser él!

–No, no es tan sencillo –negó Isaac–. Hay muchas frases y palabras que tienen vida propia, pero no son las únicas. Ahora me doy cuenta de ello. Chema dice cosas como «para mí es tarde», y asegura que querría contarme algo más pero que no puede «por papá, por mamá», y me pide «por su memoria» que trate de ser el mejor periodista y el más honrado.

–Es perfectamente lógico.

–Pero le pasaba algo, algo que tenía que ver con muchas cosas, incluso conmigo. Por eso voy a Madrid, e iré donde haga falta para descubrir la verdad. Ya he perdido los exámenes, ¿no?

–La policía...

–La policía ha hecho lo que debía en un caso así. Tú lo has dicho: fue un suicidio, no un asesinato. A ellos les importan poco las causas. Pero a mí no –le dirigió una mirada suplicante–. Por Dios, trata de entenderlo.

–Te quiero –musitó Laia.

–Y yo a ti.

–No quiero que te pase nada, por favor.

–¿Qué quieres que me pase?

–No lo sé –se estremeció ella.

Isaac la abrazó, la apretó contra su pecho, y tras un largo momento de silencioso calor buscó sus labios.

El beso selló toda protesta.

Laia temblaba, pero quien sentía el estallido de la tormenta en su mente era él.

Segunda edición

EL taxi le dejó en el paseo de las Acacias, a unos pocos metros de la puerta, ubicada en la parte central de la fachada que ocupaba toda la esquina del bloque. Enfrente se alzaba la gris y rectangular construcción de una entrada de ferrocarriles. Lo adivinó por el distintivo. El hotel Acacias, por contra, era rojizo, aséptico, de paredes planas. Nada más salir del automóvil sintió el primer sobrecogimiento.

Y se mentalizó, una vez más, para dominarlo.

No había hecho más que empezar, ni siquiera había dado el primer paso. Necesitaba de todas sus fuerzas.

Entró en el vestíbulo y se dirigió al mostrador, ubicado a su derecha. Dos mujeres uniformadas lo atendían, ahora sin ningún cliente próximo a ellas. Las dos eran jóvenes, y atractivas. Una continuó ocupada con lo que estuviese haciendo en el ordenador. Otra le mostró la mejor y más profesional de sus sonrisas.

–Buenos días –Isaac fue el primero en hablar.

–Buenos días, señor.

Eran las doce y cuarto, hacía calor, el cielo estaba despejado, así que era verdad.

–Necesito habitación para una noche –dijo él.

–¿Tiene reserva?

–No, lo siento.

–En ese caso lamento... –comenzó a excusarse la recepcionista.

–Probablemente la 507 esté libre.

La noticia había salido en los periódicos. El número de la habitación también. Nadie iba a querer una habitación manchada. Imaginaba que la dirección del hotel la tendría vedada, sin atreverse a dársela a nadie, a la espera de tiempos mejores, cuando pasaran los ecos del incidente.

No se equivocó.

–Disculpe... –la tez de la mujer se había vuelto de cera.

Su compañera también había dejado de teclear en su ordenador.

–Me llamo Isaac Soler de Raventós –dijo él.

Fue como si les hubiera dicho que había una amenaza de bomba en el edificio. Las dos intercambiaron una rápida mirada, sin llegar a entender el alcance de aquella visita.

–Necesito esa habitación, por favor –insistió Isaac al ver la inmovilidad de las dos mujeres.

–Sentimos lo que le sucedió a...

–Era mi hermano.

–Sentimos lo que le sucedió a su hermano, señor Soler.

–Sólo quiero ver el lugar en el que sucedió todo.

–Claro, claro.

–Y hablar con quienes le vieron ese día.

–Llegó por la tarde –se excusó rápidamente la que le atendía–. Es otro turno, pero por supuesto... –buscó el apoyo de su compañera. Lo encontró, pero sin que llegara a romper su silencio, así que continuó ella misma–: Podrán contarle lo que desee, aunque dadas las circunstancias del suceso no creo que haya mucho...

–¿Podrá decirles que me llamen cuando lleguen, por favor?

Su cautela y serenidad les hizo empezar a bajar la guardia. La del ordenador intentó concentrarse en su trabajo. La que seguía de pie frente a él al otro lado del mostrador llegó a esbozar una primera sonrisa, aún tímida y falta de calor, pero mucho más mesurada y serena que unos segundos antes.

–No se preocupe, señor Soler. Y si quiere otra habitación... Dadas las circunstancias, la dirección le dará con gusto una suite sin el menor cargo adicional.

–No, no es necesario, gracias. Necesito la 507.

–¿Me deja su carnet de identidad?

Se lo entregó, y ella le hizo firmar la habitual ficha de identificación hotelera y la de hospedaje. Todo mucho más rápido de lo usual. No le devolvió el carnet, pero sí la ficha, doblada y con la llave en su interior. Una llave codificada, de plástico endurecido, con diversos agujeros a lo largo y ancho.

Estaba todo dicho y hecho.

O casi.

–La policía me dijo que quien descubrió el cadáver fue una camarera.

La del ordenador volvió a dejar de escribir. La palabra «cadáver» le hizo dar un pequeño brinco en su silla.

–Ella sí está ahora aquí, señor Soler –dijo la que le atendía–. Si lo desea puedo pedirle que vaya a su habitación cuando termine.

–Se lo agradecería.

–Descuide.

Recogió la bolsa del suelo y dio un primer paso en dirección a los ascensores, situados a su izquierda. Antes de culminar el segundo volvió a escuchar la voz de la recepcionista.

–Lamentamos lo sucedido.

Profesional, cortés, pero no exenta de ternura.

–Gracias –correspondió a su delicadeza.

Entró en el camarín y pulsó el dígito correspondiente a la quinta planta.

Lo esperaba, pero aun así sintió un deje de frustración tras registrar la habitación sin encontrar nada. De hecho tampoco sabía qué buscaba, ni qué podía hallar. Pero como en las mejores películas del género, incluso se permitió abrir la tapa de la cisterna o echar un vistazo a la rejilla del aire acondicionado, sin olvidar otros recovecos en el armario o la propia habitación.

Sólo entonces, perdida la febril e inicial acción emprendida nada más cerrar la puerta de la habitación, se dio cuenta de dónde estaba, y el abrumador peso de la realidad cayó sobre él hasta aplastarle.

Unos días antes, allí mismo, Chema había escrito aquella carta, y después había puesto fin a su vida.

¿De verdad pretendía dormir en aquella cama?

La habitación entera estaba impregnada de su dolor. Podía percibirlo en el silencio, en la penumbra, en la gris vulgaridad de su decoración.

No había estado en tantas habitaciones de hotel como su hermano, pero recordaba algunas de sus descripciones: «Si eres adicto a una cadena por razones de precio o porque el periódico tiene un concierto con ella, vas a uno de Zaragoza y es como si no te hubieras movido de Granada, y al día siguiente experimentas la misma sensación en el de Vigo. Tienen hasta la misma tapicería en la cama o las cortinas, y el mismo cuadro.» «No hay nada peor que el momento de cerrar la puerta de la habitación por primera vez. Si va a ser tu casa durante más de una noche, lo deprimido que te sientes está en relación directa y progresiva con la cantidad de noches que vayas a dormir en ella.» «Hay hoteles, y ciudades, que incitan al suicidio...»

No, no tenía nada de extraño que cuando pasaba dos semanas en algún lugar del mundo, bajo los efectos de una guerra, buscase todo menos la soledad.

Isaac miró la cama.

Tuvo deseos de salir corriendo.

Y entonces llamaron a la puerta.

Buscó un poco de serenidad, y cuando la encontró y la hubo asentado en su mente y en sus terminaciones nerviosas, abrió sin preguntar. Sabía quién era. Se encontró con una mujer de mediana edad, bajita, de cara redonda y ojos vivos, que vestía un uniforme de camarera. Ella no le ocultó su nerviosismo. Primero le miró con recelo, después deslizó una mirada a su espalda, en dirección al interior de la habitación. Se estremeció. Jamás iba a olvidar el instante en que debió entrar y se encontró con el cadáver de Chema.

–Me han dicho que... –musitó insegura.

–Le agradezco que esté aquí –trató de ser amable Isaac tendiéndole la mano.

Ella le dio la suya. No se la apretó. Era una mano blanda, o desfallecida.

–Bueno, no sé qué...

–¿Quiere entrar? –preguntó él buscando la forma de que ella se tranquilizase.

–¡No, por favor!

Dio un paso atrás.

Isaac comprendió su error.

–Perdone –dijo, saliendo él al pasillo.

–Es que fue muy... muy fuerte, ¿sabe usted?

–Lo entiendo.

–Me han dicho que era su hermano.

–Sí, estoy tratando de saber qué pasó.

–Pues no creo que pueda servirle de mucha ayuda –se apresuró a decir la camarera–. Yo no sé nada.

–¿Puede contarme qué pasó?

Estaban a unos cinco metros de la puerta, que permanecía abierta. La mujer aún dirigía recelosas miradas hacia ella, como si esperase ver salir al muerto. Optó por enfrentarse cuanto antes a lo que fuera para volver a su trabajo.

–¿Qué quiere que le diga? –se encogió de hombros–. No puso el cartelito de «No molestar» en la puerta y a eso de las diez y media entré para limpiar. La persiana estaba subida, así que le daba toda la luz. Si hubiese estado en la cama, me habría ido pidiendo perdón, como otras veces. Pero al verle caído en el suelo...

–¿Caído?

–Bueno, sí... tenía medio cuerpo en la cama, y la otra mitad en el suelo, de cara. Puede que le doliera o... no sé.

–¿Entró?

–Me quedé paralizada, porque tenía los ojos abiertos y una expresión... –le miró insegura–. ¿De verdad quiere que se lo cuente, señor?

–Sí, por favor.

–Bueno, pues... eso, que al verle los ojos abiertos, y la postura... Primero pregunté si se encontraba bien, si le pasaba algo. Y al ver que no se movía fui inmediatamente a buscar ayuda. Eso es todo.

–¿Le había visto antes, por la noche o…?

–No, no señor. Ya ve que…

Iniciaba la retirada. Isaac buscó alguna pregunta más, pero no la halló. Era un camino cerrado, así que no siguió por él. Le dirigió a la mujer una última sonrisa de afecto y gratitud.

–Gracias por su amabilidad.

–No hay de qué, señor.

La vio marcharse a toda velocidad, y él hizo lo propio mucho más despacio, de regreso a la habitación. Cerró la puerta por segunda vez, y por segunda vez cayó víctima de la opresión que aquel lugar le producía. Intentó que aquello no llegara a dominarle.

Fue hacia el teléfono. Extrajo la agenda electrónica de Chema y buscó el número de Victorino Martín. Marcó el cero para conseguir línea exterior y luego las siete cifras. Al otro lado el zumbido apenas llegó a sonar una vez.

–*El País,* ¿dígame?

–Victorino Martín, por favor.

–No se retire.

Sonó una música, apenas dos segundos más. La nueva voz que apareció en la línea fue masculina.

–¿Quién es? –preguntó en un tono abrupto.

–¿Victorino Martín?

–Sí, ¿qué hay? ¿Quién eres?

–Isaac Soler –dijo–. Soy el hermano de Chema.

La reacción fue fulminante.

–Caramba, chaval –manifestó estentóreo su interlocutor–. No sabes cómo… Vamos, quiero decir… ¿Qué puedo hacer por ti?

–¿Podríamos vernos?

–¿Dónde estás?

–Aquí, en Madrid.

Ni siquiera esperaba tanta rapidez. Ninguna pregunta. Ni una evasiva. Sólo camaradería.

–A las cinco en el Nebraska, al lado de Radio Madrid, ¿te hace?

–Sí, sí, claro –aceptó.

–No te preocupes por encontrarme. Tu hermano me enseñó una foto tuya una vez. Te reconoceré.

No sabía que Chema llevara una foto suya encima.

–Gracias.

–Hasta luego, chaval.

Colgó.

Un minuto después Isaac salía de la habitación, para no ser víctima de la opresión de aquellas cuatro paredes, aunque no tenía nada de hambre ni el menor deseo de pasear por Madrid.

VICTORINO Martín también era periodista, de pies a cabeza. No de los que se iban a cubrir eventos allá donde los hubiese, pero sí de los que vivían con intensidad su trabajo, aunque fuese en una mesa de redacción. Se le podía notar por el brillo de los ojos, la rapidez de sus movimientos, la celeridad con la que hablaba. Tendría unos cincuenta años, era delgado, nervioso, con el cabello gris ondulado, la nariz aguileña y barba de un par de días. Llevaban menos de un minuto sentados, tras reconocerle él, darle un fuerte abrazo y decirle cuánto había sentido la muerte de Chema, y ya habían pedido dos cafés a un camarero que acudió de inmediato a su llamada. Un simple chasquido de dedos.

Carácter.

A los cinco minutos, todavía hablando del golpe y de lo buen tipo que era Chema, la impresión era total. Isaac conocía bien la casta. Ni siquiera tuvo que decirle qué estaba haciendo en Madrid, ni buscar la forma de introducir el tema. Lo hizo el mismo periodista.

–Chaval, pensar que nos vimos aquella tarde... –se llevó una mano a la frente para sostenerse la cabeza–. Es increíble, aún no puedo entenderlo.

–¿Por qué os visteis?

–Me llamó tres o cuatro días antes, no lo recuerdo. Me dijo que quería contarme un proyecto y quedamos en hablar del tema. Ese mismo día me dijo que estaba ya en Madrid y le pedí que se pasara por el periódico. De lo más normal, vaya.

–¿Cuál era ese proyecto?

–Ballenas.

–¿Qué?

–Como lo oyes –asintió vehementemente con la cabeza–. Quería fotografiar las matanzas de ballenas que llevan a cabo noruegos y japoneses, pese a las moratorias y todo ese rollo falso que se montan aquí y allá. Me preguntó si nos interesaría el tema para el dominical.

–Pero Chema era corresponsal...

–Y de los mejores, vas a decírmelo tú a mí. Chema era increíble. Le pregunté a qué venía eso de las ballenas, y si se había hecho de Greenpeace o algo así, y me dijo que estaba harto de fotografiar personas. Exactamente dijo: «Que les den por el culo a todos, Victorino. Si quieren matarse, que se maten. Todas las guerras son iguales. Puede que los bichos sean mejores.»

–¿Te pareció que estuviese loco?

–No. Me pareció muy cuerdo. Cansado, pero cuerdo.

–¿Cómo de cansado?

–Ojeras, mal aspecto, desarreglo... No es que fuese un dandi, porque siempre iba hecho unos zorros, pero esa tarde me dio la impresión de haberse caído de un árbol.

–¿Te dijo cómo se le había ocurrido la idea del reportaje?

–No.

–¿Y tú que le dijiste?

–Hombre, que dependía del material, pero claro, tratándose de él, me apuesto un huevo a que hubiese sido bueno, el mejor. Tu hermano era capaz de emular al capitán Acab, el de *Moby Dick,* subiéndose a la misma ballena para ver cómo los amarillos le clavaban el arpón.

–¿Cuándo iba a hacer ese reportaje?

–Ya mismo.

–¿Habló de adónde pensaba ir o del tiempo que emplearía en él?

–No, ni yo se lo pregunté. Supongo que, siendo un tipo tan listo, ya lo tendría todo pensado.

–Y, aparte de cansado, ¿qué sensación te dio?

Victorino Martín plegó los labios haciendo que formaran un sesgo recto. Su rostro mostró desconcierto.

–Claro, preguntar eso sabiendo que se mató esa noche es muy fuerte, porque da que pensar. Pero ese día… ¿qué quieres que te diga? A mí es que de buenas a primeras me pareció normal, normalísimo. Hablamos de fotos, de tías, de cuarenta chorradas. Y cuando se marchó… pues tan campante, mira.

–¿Y ahora que sabes que se mató?

–Detalles –movió la cabeza con ambigüedad–. Le pregunté cómo le iba la fama y torció el gesto. No quería hablar de eso, desde luego. Recuerdo que le dije que con la pasta que iba a trincar con toda la publicidad por lo del premio, yo me retiraría. ¿Sabes qué contestó? Pues que él prefería morir en una trinchera, y que seguramente eso sería lo que pasaría algún día.

–¿Algún día?

–Exacto: algún día. Nada que hiciera presumir lo que hizo. Por eso aún lo entiendo menos. ¿Tú no...?

–Nos veíamos muy poco –confesó Isaac.

–Estaba orgulloso de ti –dijo el periodista–. Mucho, chaval.

–Estaba orgulloso de mí, tenía una novia preciosa, y sin embargo...

–Le quemaba la vida por dentro, ¿verdad?

–¿La vida? –Isaac puso cara de duda–. La vida no te empuja a la muerte como le empujó a él –cambió de tono, olvidándose de la filosofía barata–. Lo único que sé es que no tiene sentido.

Victorino Martín le observó fijamente.

–¿Estás tratando de saber por qué se mató?

–Sí.

–Puede que nunca lo sepas.

–Es posible. Si ni siquiera parecía estar mal hasta ese extremo, y fuiste la última persona amiga que le vio con vida...

–Yo no fui la última.

Ahora sintió la sorpresa punzándole la mente, abriéndose paso a través de su razón. No lo esperaba, así que se traicionó envarando la espalda y abriendo los ojos, víctima de aquel súbito ramalazo.

–¿Quién más le vio?

–No lo sé –confesó el periodista–, pero nos despedimos a eso de las ocho y pico y dijo que tenía una cita.

–¿Dónde?

–Ni idea.

–¿Ningún nombre?

–No. Pero sonreía. Pensé que era una mujer.

Chema había llegado al hotel sobre las nueve. Eso implicaba que venía de ver a Victorino Martín. Pidió un bocadillo al servicio de habitaciones y luego..., a las dos, la botella de whisky, «para hacer las cosas con estilo».

Como matarse.

¿Qué clase de cita podía tener a esas horas, entre las nueve de la noche y las dos de la madrugada? Y... ¿en su habitación quizá?

Cerró los ojos.

–Oye, ¿la poli no ha investigado nada o qué? –rezongó el periodista.

–Para ellos ha sido un suicidio, nada más.

–Pues ya tienes algo que investigar, chaval.

De pronto no le gustó que le llamase «chaval».

–Gracias por tu ayuda –dijo dispuesto a iniciar la retirada.

–Cuenta conmigo para lo que sea –se ofreció Victorino Martín–. Tengo toda clase de contactos y amistades. Cualquier puerta cerrada puede abrirse si tienes la llave adecuada.

–Lo recordaré.

El periodista levantó una mano para llamar al camarero y abonar la cuenta. Fuera, el tráfico de la Gran Vía era denso, cerrado, como correspondía a una hora punta. Isaac miró la calle pensando que lo mejor sería regresar al hotel en el metro. Más rápido.

Todavía tenía un montón de preguntas sin respuesta, y por lo menos sabía ya a quién comenzar a hacérselas.

EN la recepción del hotel había ahora un hombre y una mujer, además de un cliente que hablaba con ella, con un plano de Madrid extendido sobre el mostrador. Debía de haber corrido la voz de su insólita presencia allí, en la misma habitación de los hechos, y la descripción de su persona, porque al verle los dos cambiaron de expresión. La mujer se recuperó con un buen dominio de la situación y continuó hablando como si tal cosa con el cliente. El hombre no. Más aún, con el rostro revestido de gravedad se apartó de la recepción para salir fuera de su ámbito. Isaac no hizo ni dijo nada. Esperó.

El hombre se reunió con él, tendiéndole una mano más profesional que amistosa.

–¿Señor Soler?

Le estrechó la mano. Luego se dejó conducir al rincón más apartado del *hall,* porque lo que más deseaba el recepcionista era alejarse de cualquier oído ajeno o extraño. Le indicó que se sentara en una de las butacas y lo hizo. El hombre, joven, de unos treinta años, ocupó la frontal. Estaban muy cerca el uno del otro, así que podían hablar en voz muy baja, audible sólo para ellos.

–Lamentamos mucho lo que le sucedió a su hermano. Ha sido un golpe muy duro para todos.

–Yo lamento que lo hiciera aquí.

–Nunca habíamos tenido algo parecido, desde luego –puso cara de circunstancias–. Mi nombre es Fernando Morales. Si puedo ayudarle en lo que sea, no dude…

–Necesito información –convino Isaac.

–Bueno –abrió las dos manos, que ahora tenía unidas con los dedos entrelazados–, de hecho no hay mucho que contar, como puede imaginarse. Supongo que sabrá más o menos los detalles.

–Me dijeron que mi hermano llegó a eso de las nueve, que pidió un bocadillo al servicio de habitaciones y que luego, sobre las dos, quiso una botella de whisky.

–Es correcto, sí.

–No obstante, falta algo.

–No entiendo.

–Él tenía una cita.

–¿Cómo dice?

–Debía encontrarse con alguien.

Tal vez la cita hubiese sido antes de llegar al hotel, así que lo único que estaba haciendo era dar un palo de ciego. Una cita breve, rápida. Ver a alguien, intercambiar unas palabras, o una información, y después… adiós. Sin embargo se dio cuenta del parpadeo del recepcionista nocturno, de cómo subió y bajó la nuez de su garganta y, más aún, de la forma en que le miró con la más absoluta de las inocencias.

Tan fingida como su solícita corrección.

–Sigo sin entender –dijo Fernando Morales.

–Mi hermano iba a reunirse con alguien aquí, en el hotel. Tenía una cita.

No lo preguntó. Lo afirmó. Chema le decía siempre que un buen periodista no pregunta: da por sentados los hechos. Si son falsos, ya se encargará la otra persona de demostrarlo. Si son ciertos, tendrá una buena ventaja, cogiendo al interrogado por la retaguardia. Como argucia era un tanto burda, incluso zafia. Pero supo que funcionaba.

–Bueno, pudo bajar aquí… o incluso subir alguien sin que… –buscó la forma de evadirse el recepcionista–. Nuestros clientes son libres de hacer lo que deseen, nadie les molesta.

–Escuche –se acercó aún más a él, poniéndose su mejor piel de cordero–. La policía ya ha dejado sentado que fue un suicidio, y que tuvo lugar pasadas las dos de la madrugada. Mi hermano dejó una carta en la que no me dice qué pasó, qué le llevó a quitarse la vida. Lo único que intento es averiguar esos motivos. Él se vio con alguien aquí.

–Me temo que no…

Comenzaba a tener una vaga idea de la clase de cita que Chema pudo haber tenido. Primero no había sido más que una intuición, pero la palidez del recepcionista la estaba convirtiendo casi en una certeza.

—No quisiera tener que ir a la policía para que hicieran esto de forma oficial —expresó.

La palidez del hombre se hizo cerúlea.

—No entiendo por qué dice eso.

—¿Quién vino a verle?

No hubo respuesta alguna, sólo miedo.

—Era una mujer, ¿verdad?

El miedo se hizo angustia. Se apoderó de él por espacio de unos segundos.

—Señor Soler, comprenda que...

—De acuerdo —hizo además de ir a ponerse en pie.

El hombre le sujetó por un brazo.

—Espere, espere.

Isaac no le dejó recuperarse.

—Mire, soy el primero en querer preservar la memoria de mi hermano —dijo con toda naturalidad—. Si hubo una mujer, quiero hablar con ella, eso es todo. ¿Cree que voy a organizar un escándalo?

La palabra «mujer» fue el penúltimo aldabonazo en la razón del empleado del hotel.

Fernando Morales comenzó a rendirse.

—Ella no tuvo nada que ver —suspiró—. Se fue casi inmediatamente, y eso era antes de medianoche.

Había creído que el recepcionista sólo le daría una descripción. El giro fue de nuevo inesperado. Consiguió que su cara permaneciera inalterada y continuó beneficiándose del desconcierto de su interlocutor.

—¿La conoce?

—Sí, claro. Yo la llamé.

–¿Va a contármelo?

La rendición fue finalmente absoluta.

–Su hermano… –se llenó los pulmones de aire y comenzó a hablar sin más cortapisas–, su hermano llegó a eso de las nueve, sí, y entonces me preguntó si conocía a alguna mujer para hacerle un servicio. Le dije que conocía a dos o tres, y me pidió alguien con menos de treinta años y más de veinte, a poder ser pelirroja, delgada, y muy cariñosa.

Chema era muy selectivo, de gustos personales y concretos. No de los que se fiaban del gusto ajeno. Y tampoco había estado desesperado jamás.

Aunque esa noche…

–¿A qué hora llegó ella?

–Llamé a un par de chicas. Los clientes a veces piden información, así que… –hizo un gesto de resignación–. La primera estaba ocupada. La segunda no, aunque no podía venir hasta aquí antes de las once. Llamé a la habitación y le dije a su hermano que estaba todo arreglado, que se llamaba Tesa y no era pelirroja, pero sí rubia natural, delgada, cuerpo esbelto y veintisiete años. Cien por cien cariñosa. Como aún faltaban casi dos horas, pidió ese bocadillo.

–¿Y la tal Tesa llegó a las once?

–Se retrasó. Eran ya las once y media pasadas. Subió y se marchó a las doce menos algo.

–¿Cuánto estuvo arriba entonces?

–Menos de quince minutos –fue la inesperada respuesta–. Puede que sólo fueran diez.

–¿Tan rápido…?

–Sí.

–¿Qué le dijo?

–Pues…

De nuevo detuvo su ahora fluida oratoria y se movió inquieto, receloso. Giró la cabeza como si buscara la ayuda de su compañera, que ya había terminado con el cliente del plano. No la encontró.

–¿Habló con ella? –insistió Isaac sin darle tregua.

–Sólo unos segundos, al pasar por delante de recepción. Tampoco es cosa de que una chica de ésas se quede... –expulsó una bocanada de aire retenida en sus pulmones con prolongado agotamiento–. Me dijo que estaba loco.

–¿Empleó esas palabras?

–Sí –confirmó el hombre–. Salió del ascensor, caminó en dirección a la puerta, me miró sin detenerse y me hizo sólo ese comentario: que estaba loco. No parecía enfadada ni molesta, sólo fastidiada. Salió, cogió un taxi y ya no la he vuelto a ver.

–Sabe que debo hablar con ella, ¿verdad?

–Sí –admitió el recepcionista.

–Gracias –Isaac le sonrió dándole a entender que no pasaba nada, y que todo seguiría igual–. Ha sido usted realmente amable.

–Comprenda que...

–Lo comprendo, descuide. Déme sus señas y eso habrá sido todo.

Fernando Morales se puso en pie. Parecía haberse quitado un peso de encima, aunque ahora otro ocupase su lugar. Su elegante toque de distinción profesional se le había marchitado un tanto.

Se dirigió al mostrador de recepción en silencio, seguido por Isaac.

EL timbre de la puerta era de color rojo, y la calle, muy oscura. El taxi ya se había ido cuando pensó que, a lo peor, la tal Tesa no estaba en casa, y se quedaría colgado en

mitad de ninguna parte, porque no tenía ni idea de dónde
estaba. Ya no tenía remedio, así que lo pulsó cruzando los
dedos y esperó.

Tres segundos, no más.

−¿Sí?

−¿Tesa?

−¿Quién eres?

−Me envía Fernando, del hotel.

−Sube.

La voz del portero electrónico era aguda, juvenil,
pero también neutra. Se escuchó un crujido metálico y la
puerta quedó abierta. Llegó hasta el ascensor, apretó el dígito de la tercera planta e inició el breve vuelo hasta ella.
Al salir del camarín la vio, a la izquierda, apoyada indolen-
temente en el marco de la puerta del piso. Llevaba una batita de seda muy corta que no le tapaba nada, porque por delante estaba sin cerrar. Salvo eso, su única vestimenta eran
unas braguitas diminutas, de color verde, y unos zapatos
muy altos, de tacón de aguja. Iba muy maquillada.

También era morena, y bastante mayor.

−Hola −le sonrió la mujer.

Isaac se detuvo frente a ella.

−Tú no eres Tesa −dijo.

Le hizo un mohín de disgusto, cargado de provoca-
ción.

−No −aceptó−, pero ya me gustaría −luego se apartó
y le invitó a entrar−. Pasa, guapo. La aviso enseguida.

Entró en el piso y, precedido por la mujer, llegó hasta
una salita decorada con cierta estridencia, luces rojas, cua-
dros eróticos, un mueble-bar surtido, pantalla grande de
vídeo. No se detuvieron en ella. Al otro lado el pasillo seguía. Su acompañante llegó hasta una puerta que abrió sin
llamar.

–Ponte cómodo –sugirió guiñándole un ojo–. No tarda nada.

Entró en la habitación. Era grande, espaciosa, cómoda, con una gran cama en la que muy bien cabían cuatro personas, y una puerta entreabierta que daba a un baño no menos atractivo, con una bañera redonda, probablemente dotada de yacuzzi. También en la habitación había una pantalla de vídeo.

Isaac suspiró agotado. Era la primera vez que estaba en un lugar como aquél.

Desde luego no tuvo que esperar demasiado.

Ella sí era rubia natural, y desde luego frisaba los veintisiete años que le había dicho el recepcionista del hotel. Chema había tenido suerte, porque era muy atractiva, muchísimo, de ojos grandes y rasgados, azules, labios carnosos, pecho abundante aunque sin excesos ni siliconas y cuerpo medido. Al sonreír mostraba una doble fila de dientes muy blancos.

–¡Hola! –se presentó–. ¿Cómo te llamas?

–Isaac.

–Huy, qué bonito.

Se plantó delante de él. Llevaba un body muy ceñido, de color rojo, con medias y liguero, además de una cinta con lazo al cuello y los zapatos como su compañera de piso, muy altos. Seguía sonriendo y olía muy bien. Por alguna extraña razón, él pensó en Laia.

–Escucha –le dijo antes de que Tesa le tocara–, sólo he venido a hablar.

La mujer pareció no inmutarse.

–El precio es el mismo. Tú pagas, cielo.

–No me entiendes –buscó la forma de decírselo sin brusquedades, para no asustarla–. Mi nombre es Isaac Soler, y soy hermano de...

No tuvo que decirlo en voz alta. La sonrisa se congeló en la faz de la prostituta un segundo antes de desaparecer del todo. Sus ojos brillaron ahora con miedo, y también con rabia.

–No temas... –intentó calmarla Isaac.

–Mierda –suspiró ella–. Mierda, mierda, ¡mierda...! ¡Maldito Fernando!

–Escucha, por favor –trató de sujetarla por un brazo, pero la mujer se zafó–. Lo único que quiero es hablar contigo, que me cuentes qué pasó. Pura información, en serio. Luego me iré y se acabó.

Tesa había dado un paso atrás, con los puños cerrados haciendo juego con la convulsión de su cara. Desde esa nueva distancia le miró sin acabar de creérselo.

–Lárgate, ¿quieres? –rezongó fastidiada.

–No voy a irme sin hablar contigo.

–¿Y si no me da la gana? –le desafió.

–¿Quieres contárselo a la policía?

–¡Joder! –bufó ella, perdida toda feminidad o gancho físico.

Se quedó brazos en jarras, moviendo la cabeza negativamente.

–Fuiste la última persona que le vio con vida –el tono de Isaac era casi de súplica.

–¿Y qué? ¿Qué quieres que te diga? Cuando me fui estaba vivo y a las dos horas se mata. Eso es todo. Yo no sé nada, ¿vale?

–Le dijiste a Fernando Morales que estaba loco.

Volvió a levantar la cabeza al cielo, furiosa, y a apretar los puños.

–Lo mato. A ese imbécil lo mato.

–No ha tenido más remedio que contármelo, como harás tú. Y cuanto antes lo hagas, antes me iré, y podrás volver a olvidarlo.

En sus ojos brilló ahora un cansancio ostensible, un poso que emergía de lo más profundo de su alma.

–¿Crees que lo he olvidado? –preguntó.

–No, claro.

Tesa pareció calmarse, tan inesperadamente como se había puesto fuera de sí. Sus hombros cayeron unos centímetros, lo mismo que sus manos, a ambos lados del cuerpo. Como si no pudiese permanecer en pie, se acercó a la cama y se sentó en ella. Isaac no se movió. Firmó su rendición inquiriendo:

–¿Qué quieres saber?

–Lo que pasó.

–Pues no hay mucho, ¿sabes?

–Deja que lo decida yo.

–Llegué poco después de las once y media –comenzó a hablar Tesa–. Subí y ahí estaba él. Creo que le gusté. Me dijo que tenía un cabello precioso, y que le encantaban mis labios, y mi cuerpo... Me cogió las manos. Me aseguró que era capaz de enamorarse de alguien viéndole sólo las manos. Parecía un tanto... «espitado», ¿entiendes?, como si estuviese colocado o algo así. Reía, se movía, hablaba, todo a la vez. Pero no me pareció mejor ni peor que otros. Así que me pagó y entonces yo me metí en el baño.

–¿Te pareció normal?

–Bueno... ¿qué quieres que te diga? –evadió la respuesta.

–¿Te pidió algo...?

–Oye, ¿eres un morboso o qué?

–Se mató unas horas después –le recordó Isaac sin mencionar todavía el hecho de que ella hubiese estado con él menos de quince minutos.

Tesa sonrió con sarcasmo. Se olvidó de su protesta.

–No –reconoció–, no estaba muy normal. Estaba como... desquiciado, lleno de rabia, furia, no sé...

–¿Dijiste que estaba loco por eso?

–No, lo dije porque de repente me echó. Primero me dice que le gusto, después me pide que me quede toda la noche porque no quiere dormir solo, y a los cinco minutos me echa. Por eso dije que estaba loco.

–¿Por qué te echó?

–Ni idea.

–Algún motivo...

–Ni idea, encanto –fue terminante–. Acababa de llegar, hablamos cinco minutos y me fui al baño. Al salir... –hizo un gesto de absoluta incomprensión–, me largó.

–¿Cuánto tiempo pasó entre una cosa y otra?

–No sé, diez minutos. Soy de las que se toman su tiempo.

–¿Y qué hizo él en ese rato?

–Nada.

–¿Le oíste llamar por teléfono?

–No. Puso la tele y me esperó.

–¿Puso la tele?

–Sí.

–¿Y al salir...?

–Al salir del baño estaba sentado en la cama, mirando la pantalla. Entonces me dijo que me fuera. Yo le pedí que se aclarara, naturalmente, y de pronto se puso a gritarme como un loco. Parecía otro.

–¿Te gritó?

–Sí, y claro, por ahí no paso. Me vestí y me largué.

–¿Qué dijo exactamente?

–Sólo que me fuera, nada más.

–¿Qué hizo él?

–Siguió viendo la tele.

–¿Qué hora era?

–No sé, las doce menos cuarto o por ahí.

–¿Pasó algo más?

–No –fue terminante–. Ni una palabra. Nada.

–¿Qué ponían en la tele?

–¡Huy, ni idea! Ni me fijé. Él sí parecía absorto –Tesa se apoyó con las dos manos en la cama, una a cada lado y por detrás de su cuerpo. Su expresión cambió–. Oye, ¿vas a seguir con esto mucho rato? Ya te he dicho lo que pasó, ¿qué más quieres?

–¿No te parece extraño que una persona con la que acabas de intimar, con la que vas a acostarte, y que te ha pedido que te quedes, cambie de opinión en diez minutos, y a las dos horas de irte se mate?

La mujer sostuvo su mirada.

No hizo falta que hablara.

–Lo siento –suspiró Isaac.

Y se dio cuenta de que con eso estaba ya todo dicho.

AL salir el sol, rojizo, arrancando centelleos ocres sobre los tejados del viejo Madrid, comprendió que ya podía volver al hotel.

Hacer la maleta y marcharse.

Se dio cuenta de que no podía regresar, meterse en aquella habitación y dormir en aquella cama al salir de casa de Tesa. Por eso fue a cenar aun sin tener apetito, y por eso se metió después en un cine a ver una estupidez típicamente yanqui sin tener el menor deseo de meterse en un cine a ver una estupidez típicamente yanqui, y por eso acabó más tarde en un bar de copas, y en una discoteca, y paseando solitario en la madrugada por las calles vacías de una ciudad que parecía resistirse a volver a la vida.

Una larga noche.

Llena de pensamientos cruzados, ideas contradictorias, miedos y recelos, sospechas e incertidumbres.

Al despuntar el sol, en lo alto del Viaducto, donde tanta gente se había echado al vacío, paró un taxi y regresó al hotel Acacias.

Fernando Morales no estaba en la recepción. Ni tampoco la mujer de la tarde anterior. Se metió en el ascensor, subió a la quinta planta y venciendo sus últimos fantasmas traspasó el umbral de la habitación 507. Sin darse cuenta vio en ella a Chema, y a Tesa.

Miró el aparato de televisión.

Se sentó en la cama y cogió el mando a distancia, que estaba metido en una especie de soporte de plástico transparente sobre la mesita de noche. Accionó el puntito rojo de puesta en marcha y esperó. La pantalla se iluminó al momento, con una imagen de la primera cadena. Tras ello hizo un recorrido por todos los canales.

Primera, Segunda, Antena 3, Telemadrid, Tele 5, Canal Plus, Galavisión, CNN, otro canal con aspecto de ser madrileño, Euro Sport... Así hasta una docena.

Se sintió como si buscara una aguja en un pajar.

Máxime cuando ni siquiera sabía cómo podía ser la aguja.

Comprobó la hora. Todavía era temprano, pero aun así descolgó el auricular del teléfono, pulsó el cero y cuando se estableció la línea exterior marcó el número de Laia. La respuesta de su novia fue casi inmediata.

–¿Sí?

–Soy yo.

Hubo un suspiro de alivio.

–Por fin –musitó ella–. ¿Qué pasa? ¿Por qué no me llamaste ayer?

–No pude. Estuve de aquí para allá.

–Bueno, pero por tarde que fuese cuando regresaste al hotel...

–No he vuelto al hotel hasta ahora.

Laia no tuvo que hacer la pregunta. En su lugar hizo otra.

–¿Qué tal Madrid de noche?

–Vacío –sonrió Isaac.

–¿Has averiguado algo?

–Chema quería irse a fotografiar ballenas –le dijo sin ánimo de burla, por chocante que sonase–. Habló de ello con ese tipo, el periodista. Luego se vino al hotel, tuvo una visita femenina y al irse ella lo hizo.

–¿Qué clase de visita?

–Una del oficio. Llegó, pero antes de que hicieran nada, la echó. Te lo contaré después con más detalle. Ahora sólo quería oír tu voz.

No le hizo nuevas preguntas acerca del insólito comportamiento de su hermano.

–Yo también la tuya –suspiró.

–¿Dormías?

–No. ¿Cuándo vuelves?

–Ahora mismo.

–¿Estás bien?

–Sí, aunque...

–Claro –susurró Laia.

Entre los dos existía una tácita complicidad. A veces no necesitaban hablar, les bastaba con mirarse. Sabían que eso tenía un nombre.

Amor.

–Te quiero –dijo él en voz apenas audible.

–Y yo a ti –le correspondió su novia en el mismo tono.

–Te llamaré cuando llegue.

–¿Quieres que vaya a tu casa y te espere?

Sonaba prometedor. Sonaba tentador. Pero después de una noche en vela... Y además, ella no podía perder sus clases.

–Esta noche, ¿de acuerdo?

–Un beso, cielo.

Él se lo mandó a través del teléfono, y luego colgó.

Hizo la bolsa en menos de dos minutos. De hecho no la hizo, porque estaba tal cual la dejó al llegar el día anterior. Se limitó a guardar lo que había sacado de ella, los utensilios de aseo y poco más. Resistió la tentación de ducharse. No en aquella bañera en la que Chema se había bañado. Resistió incluso la tentación de cambiarse de ropa. No quería quedarse allí más de lo necesario, y menos desnudo. Salió por la puerta al minuto de haber cerrado la bolsa y se sintió mejor, más aliviado, aunque ya nunca pudiese dejar atrás aquella habitación.

Nunca la dejaría lo bastante atrás.

En la recepción se había producido el cambio, y el turno de la mañana se hallaba al frente del mostrador. Ya había dos clientes madrugadores abonando sus cuentas. Cuando le tocó el turno a él, las miradas volvieron a producirse.

–Está todo abonado, señor Soler –le dijo la mujer que le atendió–. La gerencia tiene el gusto de invitarle, reiterándole nuestro más sentido pésame por...

Un detalle, aunque hubiera preferido pagar.

–Gracias –exhaló desconcertado.

–No hay de qué, señor.

Llegaban otros dos clientes. Del bar, ubicado en el primer piso, salían otros tres. Isaac recordó su última duda.

–Disculpe, ¿podría decirme si mi hermano hizo alguna llamada telefónica durante su estancia aquí?

–Un momento, por favor.

La mujer actuó con profesional eficacia. Se dirigió a la pantalla del ordenador, tecleó algo que él no pudo ver y esperó un breve instante. La respuesta no tardó en llegar.

–Ninguna llamada, señor Soler. Sólo gastos de minibar y restaurante.

–Gracias.

Salió a la calle con la cabeza espesa por la falta de sueño, y tuvo que esperar cinco minutos antes de que un taxi pasara por allí con la luz verde de libre.

–Al aeropuerto, por favor.

Cuando se alejó del hotel, no quiso girar la cabeza para mirarlo por última vez. Temía convertirse en una estatua de sal.

PENSABA en echarse un rato, descansar, dormir aunque sólo fuera un par de horas, para recuperar fuerzas y, sobre todo, bajar la tensión, pero lo primero que hizo al entrar en casa y dejar la bolsa de viaje fue acercarse al teléfono. No recordaba el número de memoria, así que lo buscó, marcó y esperó.

–Rogelio Puig, por favor –le dijo a la telefonista que respondió a su llamada.

–No se retire.

No lo hizo. Esperó mientras sonaba una música característica, una orquesta interpretando un tema de los Beatles. Que los Beatles sirvieran de puente y telón de fondo para matar un tiempo perdido se le antojó cruel. La canción era «Todo lo que necesitas es amor».

Apareció una segunda voz en la línea, de tono perezoso.

–¿Sí, diga?

–Rogelio Puig.

–¿Quién le llama?

–Isaac Soler.

–Ah, espera.

Intuyó haber sido reconocido. Probablemente fue así, porque el periodista se puso al aparato inmediatamente, sin dejar pasar más allá de cinco segundos.

–¿Isaac? ¿Qué hay?

–Hola, Rogelio –no perdió el tiempo en salutaciones ni diálogos triviales–. ¿Podrías hacerme un favor rápido?

–Por supuesto. Dime.

–Necesito saber qué estaban emitiendo las televisiones la noche en que se mató Chema.

–¿Por qué?

–No lo sé, pero sigo una pista.

–Vaya, ¿qué has estado haciendo?

–Me fui a Madrid, al hotel en que lo hizo, y a ver a la gente con la que estuvo esa tarde y esa noche.

–Coño –exhaló Rogelio Puig.

–¿Sabías que Chema quería irse a fotografiar la matanza de las ballenas a mano de los japoneses y los noruegos?

–¿Qué?

Por el tono y la expresividad del monosílabo comprendió que no.

–Estaba huyendo, ¿sabes? –suspiró, aunque fue más una reflexión en voz alta que una confesión–. Quería irse lejos, y además no ver a nadie. Lo de las ballenas era una excusa tan buena como otra. Y encima habría hecho un gran reportaje, seguro.

–Seguro –repitió Rogelio Puig–, aunque me dejas...

–Se lo propuso a *El País*.

–Normal. Aquí estas cosas... ¿Y lo de la tele?

–Ya te digo que no lo sé. Pero me fío de mis corazonadas.

–Vale, espera un minuto, voy a ver si trinco un ejemplar de ese día.

Se quedó solo, cogido al auricular, como si dependiera de él para no caerse. Le dolía la cabeza, y esa presión, unida al plúmbeo sopor que le pesaba en los párpados, le hizo comprender que necesitaba descansar. En otras circunstancias habría pasado una noche en vela, de marcha, divirtiéndose, sin ningún problema. Pero su reciente noche huyendo del hotel y paseando por Madrid como un animal perdido no tenía nada que ver con eso.

Rogelio Puig regresó casi al momento.

–Ya está –le anunció–. ¿Qué quieres saber?

–Lo que emitían entre las once y la una de la noche.

–Veamos... Mira, en la Uno, de diez a doce y media, un especial sobre «Personas Desaparecidas», y a continuación el Telediario; en la 2, una noche temática dedicada a Marte, con las películas *Hace un millón de años* y *El planeta prohibido,* además de un documental de la NASA sobre el mismo tema; en TV3 una película, *Golfus de Roma;* en el 33 un debate sobre los «Nacionalismos del siglo XX» y un programa cultural de libros; en Tele 5 un show de variedades, tetas y culos y todo ese rollo; en Antena 3 lo de las inocentadas y luego Hermida con sus cosas; y en el Plus, ya sabes: pelis.

–¿Cuáles?

–Pues... A las diez, *Secretos del corazón* y a las doce menos cinco, *Alien 3.* ¿Quieres saber también lo que daba Barcelona TV?

–No, no es necesario. Gracias –lo rechazó pensando que Barcelona TV no se veía en Madrid.

Nada relevante. Nada fuera de lo común. Tal vez la televisión no tuviera nada que ver y, simplemente, en aquellos diez minutos en los que Tesa estuvo en el baño, a Chema se le cruzaron los cables, se sintió mal, asqueado, llegó al fondo del pozo y...

–Bueno, si necesitas algo más...

–Te llamaré, descuida –dijo Isaac.

–Cuídate, chico.

Colgaron al unísono, y permaneció un largo instante mirando el aparato telefónico. Acabó dejándose caer hacia atrás, sobre el sofá, y cerró los ojos no para dormir, sino para relajar los párpados. Repitió mentalmente la información de Rogelio Puig. Ninguno de aquellos programas era una puerta para sumergirse en la locura de la muerte. Lo de Marte era pura ciencia ficción, y a su hermano el género no era el que más le entusiasmaba..., salvo que hubiera podido meterse en un *Challenger* y salir al espacio para hacer fotos. El programa de variedades o el de las inocentadas no entraban en quiniela alguna. Quedaba lo de las personas desaparecidas y... ¿de qué habría debatido Hermida? Tenía que haberlo preguntado.

Y haber sido más preciso. Chema vio la televisión entre once y media y doce menos cuarto.

Once y media y doce menos cuarto.

Diez minutos...

Aunque al irse Tesa pudo...

Sintió la llegada del sueño.

Así que no lo rechazó, al contrario. Se dejó invadir por él. Necesitaba tan sólo un poco de descanso. Relajarse. Dormir un par de horas.

¿Y el resto de canales?

CNN, Galavisión, Euro Sport...

El primero, tal vez. Chema vivía pendiente de las noticias. Los otros dos no, seguro.

Olvidaba algo.

Se vio a sí mismo en la habitación, pasando canales después de hablar con la chica.

Pasando canales.

Se iba a quedar dormido de un momento a otro. Sólo una pequeña porción de su ánimo permanecía en estado de alerta.

Los canales del televisor...

Sus símbolos...

Y de pronto abrió los ojos.

Los cinco colores de aquella especie de rombo, el distintivo de otra cadena.

Telemadrid.

—VICTORINO Martín, por favor.

–No ha llegado todavía. ¿Quién le llama?

–Isaac Soler.

–No sé dónde está, así que puede que tarde... Espere –la voz femenina se apartó del auricular y habló con alguien cercano. Cuando regresó completó la información–. ¿Oiga? Mire: me dicen que está cubriendo lo de la OTAN. ¿Puede llamar más tarde?

–Está bien, gracias.

Iba a dejar el recado, pero la mujer colgó sin darle otra oportunidad, así que se quedó con las ganas. Pensó en volver a telefonear a Rogelio Puig. Él tendría periódicos de Madrid.

Acabó superando sus súbitas prisas y urgencias para levantarse y dirigirse al cuarto de baño. Ya no iba a poder dormir, y de cualquier forma, con dos horas no solucionaría nada. Se desnudó y se metió en la ducha, dejando el agua más fría de lo normal. Permaneció al menos diez minutos bajo el chorro, y parte de sus abotargadas funciones anímicas regresaron gradualmente a su control. Al salir de la ducha se encontraba mejor, aunque la sensación de haberse convertido en un perro bajo la lluvia aumentó. Un perro desorientado, sin olores, porque la lluvia los devora todos.

Tom Waits lo había cantado en una canción.

Volvió junto al teléfono. Necesitaba hablar con alguien, o estar con alguien. Ojalá le hubiese dicho a Laia que le esperase en el apartamento. Ahora se arrepentía de ello. De cualquier forma sí tenía preguntas zumbando en su cabeza. Preguntas que necesitaba formular.

Buscó el número de Patricia y lo marcó. El timbre sonó hasta cinco veces antes de que ella lo descolgara. Comprendió que la modelo debía de estar durmiendo cuando escuchó su voz, profunda, pastosa. Todo el mundo decía que las modelos tenían vidas conflictivas, tomaban porquerías, amontonaban sueño por los viajes, los cambios de horarios y las noches perdidas. Imaginó que podía ser verdad, aunque no se sintió más culpable por ello.

–¿Patricia? Soy Isaac, perdona.

–Oh, Isaac –musitó la ex-novia de su hermano.

–Siento…

–Tranquilo, no importa. Me has hecho un favor. Tendría que estar fuera dentro de diez minutos.

No sabía cómo preguntar aquello.

–Escucha… ¿Recuerdas si Chema… hablaba en sueños?

–¿En sueños?

–Sí, ya sabes, si decía nombres o gritaba por tener pesadillas… Cosas así.

–Pesadillas tuvo un par de veces después de lo de Chiapas –confesó Patricia–. Pero hablar en sueños no. Claro que yo lo tengo muy profundo y a lo mejor es que no le oía. ¿Por qué?

¿Le contaba que Laura...?

–La última vez que estuve con él tuvo una de esas pesadillas –mintió–. Y pronunció un nombre: Tejada.

–Es la primera vez que lo escucho.

–¿Segura?

–Sí, sí, segura –rozó el límite de su amabilidad.

–Bueno, gracias y perdona –inició la retirada Isaac–. Siento haberte despertado, y más para volver a hablar de Chema.

–Isaac –le detuvo ella.

–¿Qué?

–Llama siempre que lo desees, ¿vale? –su voz volvía a ser dulce–. Y si averiguas algo, puedes contármelo si quieres. En el fondo me gustaría saber por qué rompimos, qué clase de guerra tenía bajo la piel. Creo que no pude ayudarle, y eso es duro cuando se quiere a alguien.

Todavía latía una pequeña llama de amor. Chema era así.

–Gracias, Patricia –volvió a decir Isaac–. Hasta pronto.

Pasó los veinte minutos siguientes fingiendo hacer algo, deshaciendo la bolsa de viaje, ordenando su pequeño apartamento. Pensó que tal vez debiera trasladarse ya al piso de Chema, y enfrentarse a todo desde el comienzo. La idea de vivir allí, sin embargo, aún se le hacía una montaña. De momento el dinero no era problema, aunque pagar por su apartamento teniendo un piso mayor y en propiedad...

El reloj apenas caminaba.

Trató de estudiar. Todavía podía presentarse a tres exámenes. Y por una vez que no sonaba televisión alguna y el silencio dominaba su entorno, valía la pena aprovecharlo. Así que se sentó en su mesa de trabajo y empezó a abrir libros.

Lo dejó diez minutos después.

Entonces volvió al teléfono. En Madrid, la telefonista de *El País* repitió el ritual, y él le dio tanto a ella como a la siguiente voz de alto el nombre de Victorino Martín.

Una reunión de la OTAN podía durar todo el día.

–Un momento, por favor.

Casi le pareció imposible oír la voz del periodista a continuación.

–Hola, ¿quién es?

–Isaac Soler.

–Hombre, ¿dónde estás?

–En Barcelona.

–¿Qué tal ayer? ¿Averiguaste algo más?

–Tengo una ligera pista, aunque no sé si es buena.

–Dime. Me pillas de milagro, ¿sabes? Acabo de llegar y me vuelvo a ir en cinco minutos. Están aquí todos los de la OTAN dándose de bofetadas.

–Necesito saber qué emitía Telemadrid la noche en que se suicidó mi hermano, entre las once y las doce o la una.

–Eso está hecho. Espera.

No le preguntó el motivo de tan peregrina cuestión. Se lo agradeció. Y mientras aguardaba, volvió a pensar que tal vez Chema hubiese visto la CNN, o algún que otro canal inglés, alemán… Disparos al azar.

Miró por la ventana. Todo parecía distinto. En cuanto colgara iría a buscar a Laia.

–¿Isaac?

–Sí, dime.

–Mira, a las once y media emitieron un documental de primera sobre Chiapas. Se llamaba «Chiapas: la última revolución campesina». Una hora de duración.

Ahora sí le faltó el aire.

Y el suelo, bajo sus pies.

Chiapas.

–Fuerte, ¿no? –oyó suspirar a Victorino Martín a setecientos kilómetros de distancia.

En la recepción de la empresa había una chica joven, con menos de veinte años a cuestas, atendiendo tanto a los visitantes como a los que llamaban por teléfono. Precisamente estaba hablando con alguien a través del auricular, así que tuvo que esperar a que concluyera la conversación. Se dedicó a inspeccionar los paneles informativos, con los distintos emblemas de las cadenas de televisión nacionales, y algunos de internacionales. Regresó al mostrador y cogió un folleto para completar lo que más o menos ya sabía de los servicios que allí se prestaban.

La muchacha le sonrió haciéndole una señal de paciencia.

Isaac la correspondió con otra del mismo signo, dándole a entender que no tenía prisa.

Y no la tenía, aunque por dentro siguiese sintiendo aquella desazón empujándole.

En el folleto, menos precios, había de todo. Cualquiera podía pedir un vídeo con la grabación de un programa por emitir o ya emitido en fechas anteriores. Un servicio que se había implantado hacía algunos años, y que conocía por su propio hermano. El mejor sistema para que nada se pasara por alto, y que a nivel profesional suponía un descanso para muchos, sobre todo aquellos que se pasaban días fuera de España y al regresar necesitaban recuperar unas imágenes televisivas.

La recepcionista acabó colgando el teléfono. Entonces se puso en pie y le envolvió con la mejor de sus sonrisas. Tenía unos dientes blancos y perfectos.

–Hola, ¿qué deseas?

–Una copia de un programa que se emitió hace unos días. ¿Es posible?

–Por supuesto. ¿Me das los datos?

–No era de aquí, sino de Madrid.

–Ningún problema –le tranquilizó–. Tenemos casa en Madrid, y también estamos en Bilbao, Valencia, Sevilla y La Coruña. En veinticuatro horas lo tienes.

Se aprestó a anotar lo que él fuera a decirle.

–Lo emitió Telemadrid el pasado día 15, a las once y media de la noche. Era un documental titulado «Chiapas: la última revolución campesina».

–Ajá –la chica lo anotaba todo muy rápido–. ¿Sabes cuánto duraba?

–Una hora.

–Bien –acabó las anotaciones y volvió a sonreírle–. ¿Te esperas un minuto?

Le dejó en el mostrador y entró en el interior de las dependencias por una pequeña puerta de madera blanca. No tardó ni el minuto fijado en regresar. Reapareció con la misma sonrisa colgando de su rostro.

–Ya está: mañana a esta hora lo tienes –le anunció con eficacia–. ¿Pasarás a recogerlo o quieres que te lo enviemos?

–Pasaré yo mismo.

–¿VISA o efectivo?

Era rápida.

–Efectivo.

–Muy bien –cantó–. ¿Me das tus datos?

Isaac se los dio. Nombre, dirección, teléfono, NIF… La chica los anotó con un bolígrafo en una libreta. Después se sentó en su sitio, abrió la pantalla del programa de ordenador pertinente y tecleó en ella los datos necesarios para la factura. Pago por adelantado. Lo tuvo terminado en otros dos minutos. Cuando las hojas salieron por la boca de la impresora volvió a ponerse de pie.

–Pues ya está –le tendió una copia a él–. ¿Ves? Son quince mil, más la cinta más IVA. ¿De acuerdo?

Sacó dos billetes de diez mil. Recogió el cambio, la factura y una sonrisa más a cargo de la recepcionista. Era agradable. Le correspondió con la suya en el momento de irse.

–Hasta mañana.

–¡Hasta mañana, adiós! ¡Y gracias!

Se metió en el mismo taxi en el que había llegado a la empresa de copiados, a la espera frente a la misma puerta, y le dio la dirección de Laia.

No habían hablado en los últimos minutos.

En realidad no habían hablado desde que él había llegado y ella le abrió la puerta, echándose en sus brazos.

De eso hacía casi una eternidad.

Ahora, mecidos por la calma, bajo la paz del atardecer, todo parecía distinto. La misma vida tenía otra dimensión.

Aunque Isaac supiese que la causa de todo ello era el amor.

–No creo que hubiera soportado esto estando solo –dejó escapar en un suspiro.

–Yo creo que sí.

–Gracias.

–Eres la persona más fuerte que conozco, cariño.

–Puede que te defraude.

–No seas tonto.

Laia se incorporó en el sofá, acodándose sobre su brazo derecho, y se inclinó para besarle en los labios. Fue un roce, una caricia. Isaac no se movió.

–¿Vas a contármelo ahora?

–Todavía no sé si…

–¿Qué hay de eso de las ballenas que me dijiste? –pasó por encima de sus reticencias finales.

Isaac optó por rendirse.

–Ya ves: quería irse a denunciar la matanza de ballenas a manos de los japoneses y los noruegos.

–¿Eso era normal?

–No, pero nada ha sido normal en la vida de Chema desde lo de Chiapas.

–¿En qué sentido?

–Quería estar activo, pero también se sentía harto de muchas cosas, de guerras, de la gente… Tal como sospechaba después de hablar con Patricia, con Laura, con Puig y con ése de Madrid, huía hacia delante. Sólo eso.

–¿De verdad llamó a una prostituta esa noche?

–Sí.

–¿Por qué?

–Desesperación, miedo a la soledad, instintos… Según ella, parecía poseído por una extraña furia.

–¿La viste? –se sorprendió Laia.

–Fui a su casa, sí.

–Vaya –exhibió una media sonrisa de pasmo–. ¿Y qué tal?

–Guapa, si te refieres a eso.

–Sabes que no soy celosa.

–Ya.

Ella le dio un cariñoso codazo.

–¿Qué más pasó? Me dijiste que acabó echándola.

Era el momento de contarle lo esencial.

–Llegó, le gustó y hasta le pidió que se quedara a pasar la noche. Ella se fue al baño, él puso la tele... y al salir la echó. En esos diez minutos creo que sucedió todo, aunque luego él tardase dos horas en pedir la botella de whisky y...

–¿Vio algo en la tele?

Seguía siendo lista, e intuitiva. Lo había comprendido enseguida.

–En Telemadrid daban un reportaje sobre Chiapas.

Se produjo el silencio. A Isaac le bastó con girar un poco la cara para mirarla. En la relativa claridad del salón su rostro era como un halo blanco de pureza. Le gustaba verla así, inmaculada, hermoseada por esa falta de colores que daba a sus facciones un tono de porcelana. Ahora, sin embargo, su mirada lo expresaba todo, desconcierto, temor, amargura.

–Así que después de todo...

–Creo que sí.

–¿Por qué?

–No lo sé –admitió él.

–Sólo hizo esas fotos, nada más.

–¿Y crees que es fácil vivir con ese recuerdo, con las caritas de esos niños acribillados a balazos, con el fantasma de todo un pueblo desaparecido? Todo el mundo sabe que lo que pasó allí fue una matanza «legal», una masacre encubierta. Y él fue testigo de excepción. La policía y los grupos paramilitares están haciendo lo que les da la gana en Chiapas, puedes leerlo de vez en cuando en la prensa. Y no digamos el ejército, porque a fin de cuentas los guerrilleros son «revolucionarios armados fuera de la ley». Además, tampoco aparecen grupos revolucionarios porque sí. Después de lo de Castro en Cuba ya nadie se fía de cuatro «incontrolados». Ya sabes que el gobierno mexicano investigó los hechos, pero al tratarse de una «operación militar» las víctimas civiles no cuentan, se lamentan pero no cuentan, por mucho que la opinión internacional se les echase encima, llevaran a cabo una investigación y todo lo demás. «Gajes del oficio», dijeron. «El nuevo grupo armado era muy belicoso», dijeron. «En una batalla no se sabe quién empuña un arma y quién es un pacífico campesino», dijeron. «Los campesinos dieron amparo a los guerrilleros y sabían a lo que se exponían», dijeron –el tono de Isaac se hizo críptico al pronunciar estas últimas frases–. Todo muy normal pese a la presión de la opinión pública. Salvo que Chema lo vio, y ya no fue el mismo. Creo que todo se le vino abajo, y más al recibir ese premio.

–Podía dejar su trabajo.

–Chema no. Ni Kurt Cobain.

–Dios... –suspiró Laia.

Ella había llorado al morir el cantante de Nirvana. Como muchas fans.

–He ido a que me hicieran una copia de ese documental. La tendré mañana.

–¿Qué esperas encontrar en él?

–No lo sé, aunque no creo que sea una respuesta.

–Entonces...

–Te lo diré cuando lo vea.

–Dímelo ahora.

–Laia, por favor.

La muchacha se levantó del sofá y se enfrentó a él, mirándole fijamente.

–Dímelo ahora –insistió.

Isaac sostuvo su mirada. La conocía demasiado bien. Era tozuda. La amaba por eso entre otras muchas cosas.

Un millón de cosas.

–Probablemente, ese documental no será más que una puerta. Y al otro lado ya sabemos lo que hay.

–Chiapas –musitó Laia.

–Chiapas –convino él.

–¿Y estarías dispuesto a ir allí para…?

La respuesta no era necesaria. Le bastó con seguir mirándola.

EL piso de Chema seguía en el mismo estado caótico, porque todavía no había tocado nada. Y era necesario que lo hiciera cuanto antes, para iniciar una incierta pero relativa vuelta a la normalidad tanto como para comenzar a tomar las riendas de su propia vida ahora que estaba solo.

Solo.

La palabra aún le hacía estremecer. Las personas no tomaban conciencia de su soledad frente a la muerte hasta que perdían al último de sus dos progenitores. Para él, a falta de padres, Chema era ese eslabón. No tener a nadie, salvo a Laia, le dejaba muy desnudo, lleno de incertidumbres.

Se dirigió a la habitación de los archivos antes de que la angustia le desarbolara el ánimo. No estaba allí para ordenar nada ni para sentirse abatido, sino para buscar algo. Así que se puso a ello. Entró en la habitación y abrió el primer archivo. Los negativos fotográficos estaban clasificados por temas, no por fechas o por otra razón. Así que imaginó que el que buscaba se encontraría bajo el epígrafe de «Chiapas». Dio con la letra C y comenzó a pasar registros. «Chechenia», «Camerún», «China», «Campos de refugiados», «Camboya»… Una vez más quedó impresionado, no sólo por el tesoro que se escondía allí, sino por la capacidad de trabajo de su hermano. Y en cada registro o apartado debía de haber cientos de negativos.

«Chiapas» no estaba allí.

Podía comenzar en la A y terminar en la Z, buscar uno a uno, pero trató de actuar con lógica. Podía ser que estuviese con otro nombre, y también que lo guardase en otra parte por alguna razón. El hecho de que la matanza de Tres Torres le hubiese afectado significaba algo.

Chema tal vez no quisiera recordar.

Aunque nunca, nunca, destruiría un negativo. Eso sería como matarse a sí mismo.

Se detuvo al escuchar en su mente ese último razonamiento.

Chema se había matado a sí mismo.

Volvió a concentrarse en la búsqueda. Se le ocurrió mirar en la P de «Premios», la W de «World Press Photo» y hasta en la M por si había un registro especial en alusión a «matanzas» o «muertos». Nada. Volvió a la C y la revisó por segunda vez, con mayor detenimiento. Al pasar el abultado registro con la etiqueta de «China» se quedó pensativo. Lo abrió. Dentro había un segundo etiquetado, «Pekín», «Chengdu», «Xian»...

Lo cerró y buscó la M de «México».

Nada más abrirlo se encontró con lo que buscaba: «Chiapas.»

No lo examinó allí. Eran negativos, así que necesitaba una pantalla de luz y una lupa para verlos mejor. Caminó hasta la habitación de revelado y conectó la pantalla blanca situada en una de las esquinas. Cerca había de todo, lupas grandes y pequeñas, y hasta visores pequeños para examinar las fotografías aumentadas a cinco centímetros de distancia.

Extrajo los negativos. No le extrañó que tan sólo hubiera dos carretes. Setenta y dos fotografías en total. Chema había disparado aquello a toda velocidad.

¿Cuánto podía durar una matanza de campesinos?

De las setenta y dos fotografías, recordaba haber visto no más de una docena y media, en los días en que Chema las vendió y se publicaron en todo el mundo. Al colocar los negativos en la pantalla lo comprendió. Muchas de las imágenes no eran buenas, estaban borrosas, movidas, faltas de definición o de encuadre. Había escogido las mejores, aunque en varias se captaba también el mismo horror, la sensación de muerte. Tuvo que hacer un esfuerzo para verlas una a una. La secuencia de un espanto atrapada en setenta y dos fracciones de segundo. Allí estaban los campesinos, los soldados, la estampida humana, los disparos... Las fotografías eran en blanco y negro, pero la sangre era como si tuviese relieve y le salpicara las manos, el rostro.

La foto del WPP era la vigésimo séptima del primer carrete.

En las últimas del segundo carrete sólo se veían muertos. Y sus verdugos, comprobando que lo estuviesen.

Vio a un hombre vestido con un uniforme de cierta graduación. Parecía el comandante del operativo. Sonreía.

Feliz.

Aquella foto jamás había sido publicada.

Se preguntó por qué.

Era la cara del asesino, aunque llevase un uniforme que lo hiciera todo aparentemente «legal», como habían dicho las autoridades.

Volvió al principio. El primer examen había sido rápido, y llevó a cabo el segundo más despacio, buscando detalles aún sin saber a ciencia cierta cuáles podían ser.

Los encontró.

En una de las fotografías, al fondo, se veía un rótulo instalado encima de una casa: «Bar Pancho.» En otra, también al fondo, se divisaba un pequeño puente de piedra. La selva era bastante cerrada y exuberante, y el terreno, llano en el pueblo, se adivinaba escarpado fuera de sus pequeños límites. Tres Torres tal vez había sido borrado del mapa, pero allí tenía algunos indicios que podrían ayudarle a...

¿A qué?

Lo comprendió al momento. Y se sintió mejor.

Prácticamente tenía ya decidido el viaje, aunque hasta ese instante no fuese consciente de que así era.

Recogió los negativos, apagó la luz de la pantalla, devolvió el registro a su sitio en el archivador y luego fue a la sala para dejar allí los negativos. Lo mejor sería hacer copias de todas las fotografías. De todas sin excepción, hasta de las malas.

Era lo que había ido a buscar, pero recordó algo más.

¿Dónde podía guardar su hermano los dietarios de trabajo de los años anteriores?

Los buscó, primero en la habitación, después en el archivo principal, en tercer lugar en el cuarto de revelado, y por último en el armario con los recortes de prensa. Nada. Estaba seguro de que Chema no los tiraba, porque en ellos había siempre anotaciones, nombres y teléfonos. Le quedaba la sala, y comenzó por el mueble más cercano.

Los encontró en el tercer cajón. Por lo menos los de los cinco años anteriores.

Extrajo el del año pasado y buscó las fechas en las que Chema se había ido a Chiapas, al estallar la enésima revolución mexicana, la última por el momento, la del comandante Miguel, líder del Nuevo Movimiento Zapatista Revolucionario de Liberación Nacional, el NMZRLN, aunque también pareciese la más decidida y firme –el comandante Miguel sostenía que la lucha armada era la única solución frente al fracaso de los diálogos de los otros grupos guerrilleros–, pese a la escasez de hombres y medios. En la memoria histórica quedaban otras revoluciones con menos expectativas, pero triunfantes, como la de Cuba. Fidel Castro y el Che habían llegado a la isla caribeña a bordo del yate *Granma* a comienzos de diciembre de 1956. De los ochenta y dos hombres que desembarcaron en Cuba, sólo doce siguieron con vida tras ser descubiertos en su intento. Pero ellos comenzaron la revolución en Sierra Maestra, aglutinando el descontento de la población, y en dos años entraban victoriosos en La Habana. Aquellos doce hombres habían cambiado la historia, y no sólo la de un país, sino la de los años sesenta por las implicaciones internacionales que tuvo la entrada del comunismo a las puertas de los Estados Unidos. A veces no importaba el número, sino el espíritu.

La idea de Chema era entrevistar al líder del grupo, para divulgar su filosofía y qué le impulsaba a la lucha. Nada más. Pero se había encontrado con la matanza de Tres Torres y el fin prematuro del NMZRLN. Un azar.

En los días previos sólo vio anotaciones esporádicas. Reuniones, citas, apuntes del tipo «dólares» o «mapa Chiapas y Selva Lacandona». Pero tras el viaje, dos días después de llegar a Chiapas y una semana antes de la matanza, había un nombre y un teléfono.

El nombre era Norberto Tejada.

Y delante de él tres letras: «Cor.»

¿Coronel?

Su hermano había gritado aquel nombre en sueños, acompañado de expresiones como «¡No!», «¡Cabrón!» o «¡Cuidado, cuidado!». Más aún, Laura le había dicho que en dos ocasiones exclamó «No lo haga, Tejada» y «Tejada, hijo de puta». Cuando ella le preguntó, la respuesta de Chema fue simple.

Le dijo que era el diablo.

No recordaba si cuando se publicó la investigación de la matanza se habían divulgado nombres.

Los de los militares implicados en el asalto, por ejemplo.

Pasó más páginas del dietario, pero de nuevo, tras la tragedia, había más espacios en blanco que escritos. Parecía como si Chema se hubiese ido recuperando a medida que terminaba ese año. A partir del siguiente, el premio había vuelto a sumergirle en el vacío.

Apuntó el número de teléfono, dejó el dietario en el cajón y recogió los negativos del reportaje fotográfico antes de emprender el camino de salida.

Tenía que volver y empezar a ordenar todo aquello.

Sí, tenía que hacerlo.

Pero no sería ahora, ni mañana, ni probablemente en unos días.

LA recepcionista de la empresa de copiados de programas de televisión le entregó la cinta con la misma sonrisa encantadora del día anterior. Era como si estuviese siempre radiante, o como si esperase que la invitara a salir. Prefirió pensar en la primera probabilidad y tras corresponder a su sonrisa se marchó con su carga bajo el brazo.

En quince minutos estaba en su apartamento, solo, introduciendo la cinta en la boca del reproductor de vídeo.

Respiró profundamente antes de accionar el dígito de puesta en marcha del aparato. No sentía miedo, pero sí respeto, mucho respeto. Ante él tenía la posible clave del suicidio de Chema. Eso le hizo pensar en la posibilidad de que Laia lo viese con él. Por si acaso.

Decidió que no.

Y accionó el mando a distancia.

El documental estaba coproducido por tres cadenas de televisión. El título saltó tras ese primer plano: «Chiapas: la última revolución campesina.» Prácticamente ésos fueron todos los créditos. Inmediatamente después apareció la fotografía de Chema. Directamente. Sin más preámbulos. La foto.

Todo un golpe de efecto.

Y tras ella, el silencio, uno, dos, cinco segundos, mientras la imagen avanzaba lentamente hacia el telespectador y se diluía al perder enfoque. Entonces la visión de una densa selva, vista desde un helicóptero, llenó el rectángulo del televisor. Una voz en *off* comenzó a hablar a medida que las imágenes se acercaban a tierra.

«La selva Lacandona. Situada al este del Estado de Chiapas, en México, es sin embargo su corazón más exuberante. Aquí, en este lugar ignorado por el mundo, comenzó a fraguarse el 1 de enero de 1994 la última revolución campesina del siglo XX.»

Apareció una ciudad.

«San Cristóbal de las Casas. 1 de enero de 1994. Al irrumpir el amanecer después de la noche de fin de año, el Ejército Zapatista de Liberación Nacional entró en la población ocupándola con novecientos combatientes. Algunos de ellos eran tzotziles, de la región de los Altos, otros eran tzeltales, de la misma zona de la Selva, pero su identidad común era la misma: indígenas. Un pueblo cansado de ser ignorado y que clamaba por sus derechos, su identidad y su libertad.

»El Ejército Zapatista de Liberación Nacional ocupó San Cristóbal de las Casas causando una sola víctima: Octavio Ortega, un chófer de una familia de hacendados que, borracho, no quiso parar ante un retén. El resto de la ciudad despertó con una revolución en sus mismas calles. El Periférico Poniente, la Diagonal del Centenario, Puente Blanco, la Plaza de Armas, y por supuesto las estaciones de servicio de Pemex, la compañía petrolera mexicana, fueron tomados rápidamente por los guerrilleros. A los coletos, como se conoce a los habitantes de San Cristóbal de las Casas, por la coleta que llevaban sus antepasados españoles, la invasión les cogió tan de improviso como a sus convecinos de Ocosingo, Chanal, Las Margaritas o Altamirano. En la Plaza de Armas, con sus fresnos, pinos y palmeras, y el quiosco de comienzos de siglo aún cerrado, ondeaba ya a primera hora de la mañana la bandera de los guerrilleros, negra, con una estrella roja a cuyo pie aparecían las siglas del movimiento: EZLN.

»No era un ejército convencional, aunque unos vestían de verde y café, otros de gris y negro, con palicates y pasamontañas, y algunos más iban sin uniforme. En otras zonas unos cuantos llevaban camisa marrón, pantalón verde y botas de hule, con costales de yute, mochilas de lona, rifles de madera pintados con bola y armas de fuego muy sofisticadas, subametralladoras Sten, fusiles SKS adaptados con el cargador de los AK-47, aunque también podían verse simples rifles .22 mayoritariamente. Al frente de todos ellos, pronto destacó un hombre que iba a hacerse famoso en todo el mundo: el subcomandante Marcos. Aquel día vestía de negro, con un chuj de lana, pasamontañas, carrilleras cruzadas en el pecho y en las manos una metralleta Ingram, ligera y pequeña. Con el radiotransmisor que llevaba en la cintura coordinaba los ataques a las restantes poblaciones de la zona, no todos tan tranquilos como el de San Cristóbal de las Casas. En Altamirano, los agentes de la Seguridad Pública intentaron sin éxito defender el Pala-

cio Municipal, y muchos fallecieron en la batalla. La peor
fue sin duda la de Ocosingo, palabra que en lengua náhuatl
significa "Lugar del Señor Negro". Los doce mil habitantes
fueron invadidos por una fuerza de aproximadamente entre
quinientos y setecientos guerrilleros que arrasaron...»

Isaac conocía vagamente la historia de la revolución
de Chiapas, por lo menos de la primera. La última había
sido aquella en la que su hermano tomó parte como fotógrafo. Pensó en pasar la retrospectiva histórica a mayor velocidad, ansioso por llegar al final, pero decidió no hacerlo
y serenarse. La voz en *off,* siempre con imágenes de los lugares donde habían sucedido los hechos en aquellos días,
continuaba situando al espectador.

«Las instalaciones de la emisora de radio XEOCH en
Ocosingo fueron tomadas de inmediato, y a través de ellas
se difundió por las ondas la ya célebre Declaración de la
Selva Lacandona. La misma que los zapatistas repartieron
en octavillas y pegaron en las paredes de las ciudades, y la
misma que se publicó en el boletín del Movimiento, *El
Despertador Mexicano.* En ese documento "se declaraba la
guerra al ejército federal mexicano, pilar básico de la dicta-
dura que padecemos, monopolizada por el partido en el poder y encabezada por el ejecutivo federal que hoy detenta
su jefe máximo e ilegítimo: Carlos Salinas de Gortari". En
esa Declaración también se manifestaba que el EZLN tenía
como propósito avanzar hacia la capital del país venciendo
al ejército federal mexicano. Y pedía a la ciudadanía "la
participación decidida, apoyando un plan popular que lo
único que solicitaba era trabajo, tierra, techo, alimentación,
salud, educación, independencia, libertad, democracia, justicia y paz".»

Y tras la historia, la gran pregunta que entonces se
hizo el pueblo mexicano y el mundo entero: ¿quiénes eran

118

los zapatistas? ¿Por qué de pronto aparecía un «ejército» en una tierra sin medios, armado con fusiles y ametralladoras? ¿Quién era el subcomandante Marcos?

Esta vez sí avanzó un poco con el mando a distancia, al iniciarse la historia de Chiapas, de sus indígenas, de sus problemas. Una historia que arrancaba prácticamente en el siglo VI, cuando la región vivía bajo la influencia maya, y por supuesto a partir del XV, con la migración tolteca y el posterior sojuzgamiento azteca. A partir de la Conquista, el 75% de la población indígena había muerto, y el resto fue confinado en poblados, una especie de reservas llamadas «reducciones». De ahí a los «ejidos» de la reciente historia, pese al paso de cinco siglos, apenas si mediaba una subsistencia precaria, y una soterrada lucha por el mantenimiento de las raíces de un pueblo. En los últimos quinientos años, la supervivencia, por una razón u otra, había sido precaria, y en el convulso siglo XX...

Aunque Chiapas no fuese un caso aislado. Nadie hablaba de otros muchos, ni recordaba por ejemplo a los cuna de Panamá, los aimara de Bolivia, los guaibo de Venezuela, los innuit del Ártico, los dayaks de Borneo...

El MZLN había sido el primer grupo armado surgido del «basta» proclamado por los indígenas de Chiapas, pero no ya el último. En octubre de 1996, los zapatistas habían llegado a la capital de México para tomar parte en el primer Congreso Indígena Mexicano, poniendo fin a la guerra que, de hecho, había terminado mucho antes. El Congreso Indígena pedía otra Constitución para reconstruir un pacto social, y en él estaban representadas 45 de las 60 etnias del país, bajo el lema «Nunca más un México sin nosotros». Con su presencia en la ciudad, los zapatistas cumplían el primer punto de su «declaración de guerra», y llegaban a la capital, si bien exhaustos, casi muertos, con flores de papel en sus manos como muestra de paz. Antes, había surgido un segundo grupo guerrillero armado, el EPR, Ejército Popular Revolucionario; y en 1996 un tercero, el ERIP, Ejército Revolucionario de Insurgencia Popular. Este último hizo públicas sus intenciones mediante un comunicado a la prensa en el que se llamaba al derrocamiento del presidente Ernesto Zedillo, y se pedía que se juzgara por traición a la patria al ex-presidente Carlos Salinas de Gortari. El ERIP estaba formado por campesinos, indígenas, trabajadores y pequeños empresarios explotados por el partido en el poder.

El cuarto y último grupo armado era el dirigido por el comandante Miguel, el NMZRLN, el Nuevo Movimiento Zapatista Revolucionario de Liberación Nacional. Y ellos no querían dialogar. Ya no. La violencia paramilitar y policial les empujaba. El ejército les acosaba. Querían vencer o morir.

Isaac detuvo el paso de las imágenes al aparecer la figura del comandante Miguel en pantalla. Aquél era el hombre al que había ido a entrevistar su hermano, el hombre que había sido asesinado, junto a todo el pueblo de Tres Torres, el mismo día que Chema iba a hacerle esa entrevista.

Comenzó a tragar saliva.

Y a imaginarse a Chema, la noche de su muerte, viendo una vez más todo aquello, la historia, su propia historia.

Porque de nuevo, y como colofón al nacimiento del cuarto movimiento guerrillero mexicano de los últimos años, surgieron en imagen las fotografías de la matanza de Tres Torres, y como «música de fondo», el tableteo de las ametralladoras, los disparos de fusiles y pistolas, y el grito de la gente, alaridos desesperados. Un montaje ficticio, claro, pero cercano a la realidad de lo que pasó aquel día. El documental, pese a ser excelente, no escatimaba su propia parte de demagogia, de *reality show* excesivo, de dolor forzado, como si las fotografías no bastaran.

La voz del locutor hablaba del Nuevo Movimiento Zapatista Revolucionario de Liberación Nacional. Hablaba del comandante Miguel. Hablaba de lo breve que había sido la aparición del grupo, porque con la matanza se acabó con ellos, escasos y mal pertrechados. Y hablaba de Chema Soler, el fotógrafo que «tuvo la oportunidad» de presenciar aquellos hechos monstruosos, y lograr salir con vida conservando las imágenes.

La foto del World Press Photo llenó la pantalla del televisor.

«… Chema Soler, el fotógrafo español que fue testigo de los hechos, disparó esta instantánea que dio la vuelta al mundo junto a otras en los escasos minutos que duró el operativo del Ejército. Después se supo que la mujer que se ve abatida por los disparos se llamaba María de la Candelaria Ramos Ruiz. Acababa de ver morir degollado a su marido, huía con sus hijos, y estaba embarazada de pocos meses…»

La mujer, el bebé, sus tres hijos, la fotografía entera, manipulada por ordenador, comenzó a moverse.

Como si tuviera vida.

Un simple «juego» tecnológico.

LAIA llegó cuando él había dejado de llorar, pero con la huella de esas lágrimas todavía impresa en su rostro. Isaac tenía los ojos algo más que enrojecidos. Era como si la sangre los hubiese empapado. La muchacha no tuvo que preguntar nada.

Sólo le abrazó.

En la misma puerta, temblando, mientras él hundía la cara en la suave cuenca de su cuello y se contenía para no volver a dejarse arrastrar por la emoción.

No se besaron hasta que la puerta fue cerrada. Eso les aisló del mundo entero.

–¿Por qué no me has esperado? –quiso saber ella.

–No sabía lo que iba a encontrarme –se excusó él.

–¿Y con qué te has encontrado?

Isaac bufó ligeramente. Fue más bien un respingo amargo. Trató de parecer aséptico.

–No es más que un documental, uno de esos reportajes duros y actuales que nadie ve, para inmunizarse, o ve con la sensación de que eso está lejos, no le afecta y es otro mundo. Habla de los últimos movimientos revolucionarios campesinos en México y en Chiapas. Ésa es la apariencia, salvo que estés implicado, claro.

–¿Y Chema?

–La foto del premio abre el documental. Así, de entrada. Luego, al final, sus fotos llenan lo más granado del reportaje. Son la *pièce de résistance*. Y además con bastante truculencia. Se oyen gritos, disparos, y hasta hacen que se muevan y todas esas cosas. La foto del premio manipulada por ordenador...

–Dios mío –suspiró Laia.

–Él lo vio, ¿sabes? –Isaac le acarició el pelo con la mano izquierda, de forma suave pero no maquinal–. Puso la tele para quemar cinco minutos y de pronto apareció lo de Chiapas y su galardonada fotografía. Ya no pudo apagar el televisor, ni seguir con su invitada. La echó, continuó viéndolo después de que ella se fuera, supongo que hipnotizado o... –movió la cabeza–, y ya no pudo más. Pasara lo que pasara allí, en México, ya no pudo más. Se lo llevó todo a la tumba.

–No se llevó más que su dolor.

–No, Laia, no –Isaac la miró fijamente–. Fue algo más.

–¿Por qué estás tan seguro?

–Porque le conocía, y porque esa carta suya está llena de claves y mensajes.

–No son más que vaguedades de alguien que va a matarse. Se estaba despidiendo, y excusando. Te pedía perdón.

–¿Quién es el hombre con el tenedor en la tierra de sopas?

–¡Él! –casi gritó Laia–. Vivimos en un mundo incierto, lleno de oportunidades, hermoso, pero cargado de maldad, de guerras, de atrocidades como la que vio Chema. Mil personas tienen el poder, y cinco mil millones están en peligro. El resto finge que todo va bien. El mundo entero es una tierra de sopas, y él de pronto sólo tenía un tenedor.

–¿Crees que se puso simbólico antes de tomarse esas pastillas?

–Isaac, Isaac –musitó Laia–. No lo hagas.

Sabían de qué estaban hablando.

–Debo ir.

–¿Y si es peligroso?

–Ya no hay ninguna revuelta, ¿recuerdas? Los mataron a todos. Ahora hay paz –se burló de sus propias palabras–. No ha surgido ningún grupo guerrillero nuevo. ¡Aleluya! Puedo ser un turista más.

–Pero no lo eres. Eres el hermano de Chema Soler, el fotógrafo que puso los pelos de punta al mundo entero con aquellas fotos. Tú mismo me dijiste que los grupos paramilitares y la policía siguen matando impunemente a los campesinos y a los indígenas. ¿Crees que pasarás inadvertido? Y además, ¿qué harás?, ¿mirar? No, harás algo más, porque para algo eres ya periodista a falta de unos exámenes. Siempre has sido periodista. Lo llevas en la sangre. Empezarás a preguntar y a comprometerte y a... –Laia perdió el hilo de sus palabras, afectada por su nerviosismo–. Ni siquiera sabes qué vas a ir a buscar, ni por dónde empezar, ni qué esperas descubrir.

–Ya lo sé, pero si me quedo aquí, siempre me estaré preguntando qué pasó y por qué.

–Déjale descansar en paz.

–Él ya descansa en paz –dijo Isaac–. Yo no.

Bajó la cabeza, derrotada, y ya no le abrazó ni le besó antes de separarse de su lado. Se dejó caer en una butaca y miró el televisor y el vídeo, aún encendidos.

–¿Puedo verlo? –preguntó.

–Sí –aceptó él.

No cogió el mando a distancia. Parecía que sólo le interesase la posibilidad de hacerlo. El silencio se hizo más opresivo con el paso de los segundos, hasta que Isaac se sentó a su lado, en el brazo derecho de la butaca. Le cogió la mano. La tenía muy fría.

–Siempre he querido ser como Chema –dijo muy despacio–. Así que necesito saber por qué se mató, para no repetir la historia.

Laia se estremeció.

–¿Cuándo te vas?

Tenía la respuesta a punto. Sólo esperaba la pregunta.

–En cuanto encuentre un pasaje de avión.

Tercera edición

Al aterrizar en Ciudad de México eran las doce de la noche, hora local. Atrás quedaban tres despegues y dos aterrizajes más. El primero, el puente aéreo Barcelona-Madrid. El segundo, porque no había otra forma de llegar a su destino a no ser que esperase no menos de una semana, un vuelo Madrid-Dallas, en Estados Unidos. El tercero, el vuelo Dallas-México DF que iba a culminar.

Y era sólo el comienzo.

Ni siquiera tenía reserva en ningún hotel. Había pensado en partir de inmediato en dirección a Chiapas.

Hacía calor, pero era soportable. Le tenía más miedo a la altitud. Durante la primera hora no supo si el dolor de cabeza era debido a ella o a las horas de viaje, la falta de sueño y el cambio horario, siete horas con relación a España. En Barcelona el día andaba todavía despuntando. Esa hora inicial fue el tiempo que tardó en encontrar una habitación discreta en un no menos discreto hotel al que le condujo el taxista que consiguió a la salida de la terminal, tras comprar antes un «boleto» para el pasaje y una vez comprobado que todo estaba cerrado y no podía continuar viaje. El hombre tenía contactos.

Le costó conciliar el sueño, pero cuando lo hizo, durmió diez horas sin parar. Bajó a desayunar al límite del cambio obligado: las doce del mediodía, hora de abandonar todas las habitaciones de todos los hoteles del mundo, aunque resultó que el suyo la tenía fijada a las trece horas. De regreso al aeropuerto apenas si vio una zona sombría y suburbial de la megaciudad más gigantesca del mundo, con sus 22 millones de habitantes. Su segundo taxista le habló de la contaminación y de los problemas respiratorios de su esposa. Un indicador señalizaba que el ozono estaba a 147.

–Ya ve: ésta es la única ciudad donde te dicen lo mal que está el aire y lo poco que te falta para morirte.

El primer vuelo con un pasaje disponible a Tuxtla Gutiérrez, capital del Estado de Chiapas, salía a última hora de la tarde. Quedaba otra posibilidad, volar a Villahermosa, en Tabasco, y seguir por carretera pasando por Palenque. La distancia hasta la Selva Lacandona era semejante en ambos casos. Le sedujo la idea de visitar las célebres ruinas, pero prefirió atravesar Chiapas y conocer la realidad de la tierra en la que parecía haber sucedido todo. Compró un billete –de nuevo un «boleto», como lo llamó la encargada de la compañía aérea–, y pasó las tediosas horas de espera sentado en un bar de la terminal, pensando y leyendo la prensa mexicana. Se hablaba de la oleada de robos en la capital mediante el sistema de dar un cabezazo a la víctima y romperle la nariz para dejarla inconsciente. En un pequeño artículo se decía que la actividad paramilitar en Chiapas había decrecido, y que los refugiados en las montañas iban volviendo a sus pueblos. Reinaba la calma. Parecía un artículo de lo más normal.

El vuelo salió puntualmente y, de nuevo al anochecer, y con el cambio horario todavía pegado a sus párpados, aterrizó en Tuxtla Gutiérrez. Con 300.000 habitantes era una ciudad importante, pero no escapaba de la condición de pueblo grande y sencillo. Tampoco pudo hacer turismo. Otro taxista le condujo hasta un hotel, en la Plaza Cívica, y durmió de nuevo diez horas. Hacía una eternidad que no dormía tanto.

Por la mañana alquiló finalmente el vehículo con el que pensaba atravesar Chiapas de oeste a este, internándose en la Selva Lacandona como objetivo final. Su juventud, y el hecho de viajar solo, hizo que la muchacha que le atendió le pidiera toda la documentación posible, y la examinase con más que profesional atención. Escogió un todoterreno capaz de desplazarse con comodidad e introducirse en la selva sin problemas. Tal como le informó la mujer, podía dejarlo sin problemas en cualquier sucursal de la compañía, en el caso de que no quisiera regresar a Tuxtla Gutiérrez.

A las dos y media de la tarde, Isaac emprendía la gran expedición.

Lo único que seguía lamentando era no poder parar y hacer turismo por Zinacantán, San Juan Chamula, San Cristóbal de las Casas, Oxchuc, Abasolo, Altamirano u Ocosingo. La obsesión de alcanzar cuanto antes su destino era más fuerte que él. De todas formas, y circulando por carreteras difíciles, sabía de antemano que podía tardar un par de días en llegar a la selva.

Así que al anochecer se detuvo en San Cristóbal de las Casas, a sólo 82 kilómetros de Tuxtla Gutiérrez, después de viajar por una sinuosa carretera con un desnivel de más de 1.500 metros, es decir, que pasó de las tierras bajas tropicales a las brumas de los bosques, del calor tórrido y pegajoso al frío seco de la alta sierra, y todo a través de un

universo que seguía anclado en las tradiciones de los últimos quinientos años, porque era como si allí la vida y la
historia se hubieran detenido. Ya era peligroso continuar
debido a su desconocimiento del terreno, y seguía sin acabar de adaptarse al cambio de horario. Igualmente tendría
que haberse detenido en otra parte, y prefirió la comodidad
de una ciudad a la de un pueblo.

Sin olvidar que se encontraba en el corazón de lo
que, el 1 de enero de 1994, había sido el centro de la gran
insurrección revolucionaria de los años 90.

Eso le hizo sentirse extraño.

Mismo lugar, otro tiempo. La historia era así: una
mera cuestión de tiempo y espacio.

Estaba a ciento cincuenta o ciento setenta kilómetros
aproximadamente de la Selva Lacandona, y de Tres Torres,
pero era como si ya sintiese su aliento, su cercanía. Quizá
Chema hubiera estado en el mismo hotel que ahora le tenía
a él de huésped. O en su misma habitación.

Estuvo a punto de preguntarlo.

Pero no lo hizo.

Paseó por las empedradas calles de San Cristóbal de
las Casas; visitó la iglesia de Santo Domingo con su barroca
y labrada fachada; la catedral de color ocre amarillo, salpica-
da de motivos en blanco; la célebre Plaza de Armas con su
quiosco, tal como lo había visto en el reportaje de televisión;
el Zócalo, y los restos de una importante cultura maya unidos
a lo más hermoso del estilo colonial español. Vio también su
primer mercado indígena, con los exuberantes colores de los
huipiles tejidos a mano por las mismas mujeres orgullosas
que los vendían. Una le dijo que le comprara uno «para su
novia, la chica de ojos hermosos y sonrisa lánguida que le esperaba en España». Isaac pensó que tenía algo de bruja, pero
prefería viajar sin apenas nada. Tal vez al regreso.

Tras ello pasó su tercera noche en México sintiendo una mayor inquietud, y debido a eso, no durmió más de cinco o seis horas. Primero no paró de dar vueltas en la cama, hasta acabar empapado en sudor por la humedad. Segundo, en cuanto cerró los ojos y logró conciliar el sueño, tuvo dos o tres pesadillas en las que se mezclaron su hermano, Laura, Patricia, Laia y la mujer de la fotografía de Tres Torres. Al amanecer, y cuando creía que ya no lograría mucho más, se durmió y despertó pasadas las diez de la mañana. Eso eran las cinco en España. Y aún no había telefoneado a Laia.

Lo hizo, sin éxito. Pero al menos le dejó un mensaje en el contestador.

—Estoy bien. Esto es muy bonito. Me dirijo a la Selva Lacandona. No creo que desde allí pueda llamarte. Te quiero.

Conciso y directo.

Salió de San Cristóbal de las Casas demasiado tarde como para confiar en llegar a su destino por la noche, a pesar de la escasa distancia kilométrica, así que prefirió no correr y comportarse como un turista más. Su equipaje, una simple bolsa de mano con camisetas, unos pantalones de recambio y unas mudas, se completaba con una cámara fotográfica no precisamente buena y dos objetivos, uno de 50 mm y otro de 200 con zoom. Para cualquiera, era un turista, o un estudioso. Nada más.

A lo largo del trayecto comenzó a lamentar no pararse más a menudo. Toda la magia, la fuerza, la plenitud y la exuberancia de aquella tierra empezó a metérsele por los ojos, por los poros de la piel, atravesando su sensibilidad. Las casas de barro y paja de Huixtán, construidas en las laderas de la montaña, siguiendo la tradición tzotzil; la gran iglesia colonial de Santo Tomás en Oxchuc, población tzeltal; los colores, los paisajes cortándole el aliento, las gentes que levantaban sus manos al verle pasar y le saludaban. Casi le parecía extraño que allí, muy poco tiempo antes, se hubiese desatado una revolución. Mejor dicho, sonaba extraño que la revolución aún estuviese allí, rodeándole por todas partes, porque los caciques locales, las fuerzas paramilitares y la misma policía seguían hostigando a aquellas gentes, tratando de que siguieran calladas, ancladas en el pasado o..., mejor, muertas. Pero también comprendió, viendo la pobreza de pueblos y casas, que la revolución fuese necesaria y que no terminara nunca. Allí había una guerra. Cada vez que moría un niño asesinado y se extendía el horror, sonaba aquella vieja frase que decía: «Un indio muerto, un guerrillero menos.» Tres millones de indígenas se aferraban a sus tradiciones, ignorados y no pocas veces sometidos a pesar de su orgullo. Tres millones de personas frente a la evolución, el mundo, el progreso y la tecnología. Era como si no tuvieran lugar en el mundo, como todos los restos indígenas del planeta.

Las mujeres aún tejían los huipiles, sus camisas, a las puertas de sus casas de adobe y paja. Y cada una era una orfebre, puesto que los dibujos que realizaba en la tela procedían de la inspiración de sus sueños. Para los indígenas, los dibujos de colores de sus ropas no son sólo adornos, sino una forma de comunicarse entre sí. Existe un código que permite la transmisión de mensajes a través de ropas, colores y formas.

En Abasolo vio un huipil ceremonial clásico que le impresionó. Representaba el mundo en forma de rombo, con la figura de la mariposa en su corazón, símbolo del sol y centro del universo de los mayas. La mujer le dijo que había tardado un año en hacerlo, puesto que para ella era una tarea sagrada, y el tiempo no importaba. Le contó que la tela estaba teñida con tintes naturales utilizados en épocas prehistóricas, como la cochinilla, el caracol y el añil. Además del mundo en forma de rombo, toda la rica cosmogonía de su pueblo se hallaba en aquella tela, «el más hermoso huipil ceremonial que pueda encontrar». Se lo vendía por unos pocos dólares.

Isaac ya no se resistió.

A Laia le gustaría.

Al rebasar Altamirano, la zona más poblada del centro de Chiapas comenzó a quedar atrás. La Selva Lacandona se alzaba al otro lado del río Jataré. Monte Líbano y Cozlán eran las últimas y apartadas ciudades, pero no se dirigía a ellas.

De nuevo al anochecer, Isaac paró su todoterreno y ya no se resistió al embrujo de aquel mundo fascinante.

Durmió en el coche, cerrándolo por completo para evitar que alguna alimaña llegase hasta él, y aunque se despertó dolorido y aterido al amanecer, se sintió mucho mejor y más descansado de lo que había estado en los últimos días.

La selva le saludó desde su frondosa exuberancia.

No había indicadores. Los caminos parecían desaparecer bajo la fuerza de la selva, que los barría lo mismo que una ola borra los dibujos hechos en la arena de la playa. Cuando paraba el motor y se tomaba un respiro, el silencio era ensordecedor. Un silencio cargado de vida y magia. Podía sentirlo. Y sentía también el grito de rebeldía de un mundo en el que era un extraño, pero que amaba a pesar de ello.

En quinientos años, desde la Conquista, allí el tiempo daba la impresión de haberse detenido.

Encontró a un grupo de indígenas en un inesperado campo de café tras un recodo del camino. Eran su primer indicio y bajó para hablar con ellos. Los hombres le pidieron tabaco, y lamentó decirles que no fumaba. Las mujeres sonreían. No tenían edad. Se adivinaban jóvenes, pero algunos y algunas parecían viejos. Les tendió un billete de cinco dólares, sintiéndose asquerosamente yanqui.

–¿Para ir a Tres Torres?

Cogieron el billete, pero la cara les cambió.

–Tres Torres –repitió Isaac pensando que no le entendían.

Se equivocaba.

–No hay nadie en Tres Torres –dijo en tono muy grave el más viejo de los hombres.

–Es un pueblo muerto –continuó otro, más joven, a su lado.

–Muerto, sí –asintió con la cabeza un tercero en cuya boca faltaban la mitad de los dientes.

Isaac examinó su mapa. Creía estar en el buen camino.

–¿No hay nadie allí?

–No.

–Da lo mismo. Yo quiero ir.

–No es un buen lugar –le explicó el primero que había hablado.

–Ellos siguen allí –manifestó el segundo.

–¿Ellos? –vaciló Isaac.

–Los espíritus de los muertos –le dijo el desdentado.

–¿Pero es por aquí, siguiendo ese camino?

–Sí, es por aquí.

–Entonces gracias.

Les sonrió, levantó una mano en señal de paz y amistad, pero nadie del grupo se movió ya. Ni una facción de sus rostros. Le vieron alejarse con una mezcla de tristeza y desolación que no pudo comprender, pero que tampoco se atrevió a desvelar. De repente se sentía como un intruso.

Subió al todoterreno, lo puso en marcha y continuó la ascensión por la montaña.

Una hora después, el cielo se convirtió en océano, el día en prematura noche, y durante treinta minutos le cayó encima el diluvio universal en versión mexicana. No tuvo más remedio que detener el vehículo y esperar, con verdadero miedo. Si desaparecía allí, probablemente no le encontrasen en años. Y si con la lluvia el camino se convertía en una senda intransitable, acabaría echando raíces en la selva.

Cuando dejó de llover, todo volvió a la calma, reapareció el día venciendo a la inesperada noche y, salvo por la intermitente ducha de gotas que caía de los árboles, no quedó ni rastro de la tormenta. Ni siquiera en el camino, aunque la tierra se había reblandecido y en ocasiones las ruedas del todoterreno se hundieran más de la cuenta en algunas zonas fangosas.

A mediodía se había perdido.

Los mapas y la brújula no le servían de mucho. Todavía era un chico de ciudad jugando a los *boy scouts* selváticos. Creía estar en el buen camino, pero en tres ocasiones se encontró sin paso y tuvo que retroceder hasta dar con nuevas encrucijadas. Cuando peor creía tenerlo, se dio de bruces con un poblado, si es que llegaba a tanto, porque no tenía más que media docena de chozas, sin luz ni comodidades superfluas. Bueno, más que encontrarlo él, lo encontraron ellos. De pronto se vio rodeado por un grupo de chiquillos desnudos. A través de la selva divisó las chozas.

En esta ocasión no preguntó directamente por su destino.

–¿Hay algún pueblo cercano?

Los niños reían, tocaban el coche, se acercaban a él. Recordó un dato que había leído en alguna parte: el 80% de niños menores de doce años presentaban allí signos de desnutrición. Cuando el mayor iba a responder, apareció un hombre, indígena por sus rasgos, campesino por su aspecto. Llevaba un machete en la mano. Isaac le sonrió.

—Buenos días. ¿Qué lugar es éste?

—¿De dónde es usted, señor? —quiso saber el campesino.

—De España.

No hubo cambio alguno en su rostro hierático. En muchas partes de México, y en no pocas gentes de todo tipo y condición, los españoles de hoy seguían siendo los hijos de los conquistadores de ayer. Isaac esperó sin saber qué hacer.

—¿Adónde se dirige usted, señor?

—A Tres Torres.

—¿Por qué?

No esperaba la pregunta, así que trató de darle una respuesta que tampoco él pudiese prever.

—Para rezar.

El hombre no lo acusó, pero el silencio se hizo mayor. Por detrás, provenientes del grupo de chozas, aparecieron otras personas, todas mujeres salvo un anciano de piel reticulada por miles de arrugas.

—El mundo no olvida Tres Torres —dijo Isaac de pronto.

El silencio perduró otros diez segundos. El campesino acabó levantando su mano derecha para señalar justo a espaldas del poblado. Fue aún más parco en su oratoria.

—Una hora.

—Gracias.

Sintió la desconfianza hiriéndole el alma, pero también la sorpresa. Decidió no abusar de su suerte. El turismo no llegaba hasta allí. La Selva Lacandona tal vez fuese el reducto sagrado para muchos de aquellos hombres y mujeres. Había leído que antiguamente, y cuando estaba deshabitada, a la selva la llamaban Desierto de la Soledad.

El camino a través de la selva se hizo más penoso. Temió tener que pasar una segunda noche en ella, puesto que aunque diera con Tres Torres, no lograría llegar a un pueblo o ciudad en condiciones. La comida le duraría un día más. El agua ya no estaba tan seguro, aunque allí aquello pareciese lo de menos por la cantidad de riachuelos, lagos y cascadas que brotaban de la tierra a cada paso.

Finalmente encontró un indicador.

Un pedazo de madera clavado en el suelo, gastado y erosionado por el tiempo y la humedad, que señalaba a la derecha en otra encrucijada, con el precario dibujo de tres torres en forma de pico.

Casi no podía creerlo, pero había llegado.

CUANDO detuvo el todoterreno en mitad de la plaza, junto a una pequeña fuente seca, la sensación de hallarse en un pueblo fantasma ya se había apoderado de él.

Las casas estaban destruidas, quemadas, arrasadas, y sólo permanecían en pie unos pocos muros de adobe calcinados como espejismo de una vida anterior. De no haber sido por el documental de televisión, el silencio habría sido lo más opresivo que jamás hubiese escuchado. Y esta vez sí se trataba de un silencio real, porque nada se atrevía a remover el aire en aquel lugar. Pero el documental televisivo tenía la extraña debilidad de devolverle a su «banda sonora», aquel fondo de disparos y gritos alucinados que acompañaron la puesta en escena en pantalla de las fotografías de Chema.

Así que, por encima del silencio, o más allá de él, oía esos disparos, y veía a las gentes correr gritando y caer abatidas por ellos. Lo veía y lo oía todo en su mente mientras paseaba la mirada por el vacío y el silencio que le envolvía.

No supo exactamente qué hacer, y de repente se preguntó qué estaba haciendo allí.

Laia tenía razón.

Tres Torres no existía, y sin el pueblo, ¿qué le quedaba?

¿Por dónde empezar a buscar una verdad que tal vez ni existiese?

—Ayúdame, por favor —susurró tratando de dominar el agotamiento y la prematura derrota.

Se puso en movimiento, superando el agarrotamiento de sus músculos ante el recuerdo del horror que le rodeaba. Regresó al todoterreno, del cual apenas se había separado unos cinco metros.

Recogió las fotografías de Chema.

Las llevaba encima, preparadas, numeradas y dispuestas para aquello. Casi podía situarse en los mismos lugares en los que estuvo su hermano para disparar cada instantánea. Ya no quedaba ni rastro de la pared principal del bar «Pancho», pero por detrás, los árboles eran los mismos. El puente de piedra, al fondo y a la derecha, seguía intacto. Los detalles casi le hicieron estremecer. Ni siquiera tuvo que buscar el lugar en el que murió la mujer de la foto del premio. El suelo estaba cubierto de flores mojadas, lo mismo que otros puntos del poblado. Flores y más flores, blancas, puras, aplastadas por la tormenta de unas horas antes, pero todavía testigos fieles de que, allí, la tragedia no se olvidaba. Era extraño que no las hubiese visto antes, al entrar por el sendero hasta detener el vehículo en la plaza. Extraño.

Levantó la vista al cielo.

Y entonces escuchó la voz.

–Buenos días, señor.

A pesar de que era una voz dulce, conciliadora, tranquila, se sobresaltó. Creía estar solo, y ni siquiera vio a nadie al mirar a su alrededor, así que volvió a levantar la cabeza al cielo, por si alguien allá arriba, tal vez Chema, le estuviese jugando una mala pasada.

Esperó.

–Estoy aquí, señor –oyó por segunda vez aquel tono suave y relajado.

Giró la cabeza.

Y ahora sí logró verle.

Era tan pequeño, tan bajito, que apenas se alzaba metro y medio del nivel del suelo. Además, caminaba despacio, sin hacer ruido, como si flotara por el aire, y se acercaba a él desde el otro lado de la fuente. Ella y el vehículo le tapaban casi por completo en la primera ocasión.

Isaac le observó perplejo.

Calzaba sandalias viejas y muy usadas, unos pantalones blancos y cortos, hasta mitad de los gemelos, y una camisa no menos blanca, con dibujos en colores apagados por el desgaste. Se cubría la cabeza con un sombrero curioso, redondo, de ala ancha, hecho de hojas verdes y amarillas. Pero por debajo de la indumentaria se adivinaban en él muchos rasgos, los de su ancianidad, los de su calma, los de su naturalidad aun ante la presencia de un extraño en aquel confín del mundo. Los ojos eran dos lagos quietos, atrapados por unas cuencas que se empeñaban en permanecer abiertas pese a que el tiempo las inclinaba hacia la seque-

138

dad final. Las manos, como dos sarmientos, huesudas y ya ligeramente deformes, ofrecían la nobleza de su edad y del trabajo almacenado en sus huellas. A medida que se acercaba a Isaac, el cuadro se hacía más evidente.

—Creía que el pueblo estaba vacío.

—No hay ningún pueblo vacío si antes vivió gente en él —dijo el hombre—. Los espíritus moran en todas partes, pero vuelven siempre a casa —se detuvo a dos pasos del visitante y le sonrió—. ¿Es usted turista?

—No —mintió parcialmente—. Periodista.

—Oh, ya veo —asintió el hombre. Y le dirigió una esperanzada mirada—. ¿Va a escribir algo otra vez?

—Es posible.

—Hágalo. Que la gente no olvide.

—Le aseguro que no han olvidado Tres Torres.

—Oh, sí —añadió con resignada fatalidad—. La gente no quiere recordar lo malo. Se aferra a lo bueno. La gente olvida, y lo hace rápido. Le da la espalda al horror. ¿Sabía usted que los responsables de esto —abarcó los alrededores con una mano— fueron honrados y condecorados? No sé lo que conoce el mundo. Sólo sé lo que pasa aquí.

—¿Cómo se llama?

—Artemio.

—¿Vivía usted aquí, Artemio?

—Mi casa está allá —señaló una cumbre, a su derecha—. Pero aquí tenía dos hijos y una hija —paseó de nuevo su mano abierta abarcando el pueblo y agregó—: ¿Sabe usted lo que pasó?

—Sí.

—Yo lo vi todo —dijo moviendo de nuevo la cabeza como si asintiera desde lo más profundo de su ser—. Estaba allá, entre los árboles —ahora apuntó una loma llena de espesura—. Lo vi, aunque no pude hacer nada.

–¿Qué recuerda?

–Ellos llegaron por allí y por allí –indicó la entrada del pueblo por la que había llegado él y la del otro extremo–, pero también por los dos lados, para que nadie pudiera salir. Eran muchos, con sus armas automáticas y sus tácticas de guerra. Los entrenan para eso. Pudieron haberlos cogido vivos, pero no interesaba. Los guerrilleros vivos pueden escapar o ser indultados, o cumplir sus condenas y volver. Así que dispararon sin dar un solo aviso, contra todos, contra ellos y contra los habitantes del pueblo que les daban cobijo.

–¿Qué hacían los guerrilleros aquí?

–Vinieron para una entrevista. Un periodista lo había organizado. Probablemente le siguieron.

Isaac se quedó sin aliento.

–¿Le siguieron... a él?

–Todo fue demasiado rápido, pero un ataque como ése no se improvisa, señor.

–¿No cree que el ejército, o la policía, o los paramilitares, podían haber estrechado el cerco al grupo?

–No –fue tajante.

Le costó formular la siguiente pregunta.

–¿Vio usted a ese periodista, Artemio?

–Sí, lo vi. Él llegó el día antes. Durmió ahí –señaló las ruinas del bar «Pancho».

–¿Cómo llegó hasta aquí?

–Conducía un coche de alquiler, como usted.

–¿Sabe cómo contactó con la guerrilla?

–No, claro. ¿Cómo iba a saber yo algo así? Vivo en la montaña, señor. Toda la vida he vivido en la montaña. A veces voy a Cozlán, pero nada más –miró el todoterreno y de repente dijo–: ¿Va a quedarse usted por aquí?

–No, no creo –sentía una punzada muy fuerte en las sienes, atravesándole la cabeza de lado a lado.

–Si se dirige a Cozlán, podría llevarme. No está lejos y hace ya días que necesito algunas cosas. Me ahorrará una buena caminata.

–Con mucho gusto.

–Bien –sonrió complacido el hombre–. Se lo agradezco, señor. ¿Cómo se llama usted?

–Isaac.

–Isaac –repitió.

No quiso perder el hilo del interrogatorio.

–¿Vio usted a ese periodista haciendo sus fotos?

–Sí, claro. Iba de un lado a otro, a pecho descubierto, con riesgo de su vida. Pensé que iban a balacearle también a él. Se arriesgó mucho. Pero no le tocó ni una bala. Tuvo suerte.

–¿Y al terminar el ataque?

–No recuerdo –lamentó Artemio.

–¿No sabe si le detuvieron, o si escapó...?

–No, a partir de un momento, ya no le vi más. Todo eran gritos, humo, los disparos finales... El infierno se abrió bajo este suelo –miró la tierra marronosa sobre la que estaban–. Yo tenía miedo. Si hubiera sido más joven, habría bajado empuñando mi machete, para morir con los míos, pero soy viejo, y los viejos somos cobardes. Nos aferramos a la vida con más desesperación que nunca, como si nos importara más ahora que tenemos menos.

–Usted no es un cobarde, Artemio. Sólo una persona cuerda.

–Gracias, señor Isaac.

Le miró con los ojos vidriosos, enrojecidos, aunque más por la edad que por los recuerdos que se le agolpaban en la razón.

Tal vez, en el fondo, estuviese loco. Aunque no lo parecía.

–¿Bajó usted aquí más tarde?

–Todos estaban muertos –la memoria se le rompió definitivamente como un cántaro estrellándose contra el suelo–. Hubo muchos disparos, mucha sangre, y cuando acabó la batalla, los soldados los remataron en el suelo. Incluso a los niños. Yo encontré a los míos ya sin vida. Los soldados se llevaron a los guerrilleros, como trofeo, pero abandonaron a los del pueblo. Y por la noche llegaron otros campesinos de la selva, para enterrarlos. Eso fue lo que pasó. Creo que todo fue muy rápido, señor Isaac, aunque para mí sea como la noche eterna.

–¿De dónde vinieron esos soldados?

–De la comandancia de Cozlán.

–¿Saben que usted...?

–No, no.

Se le antojó espantosamente anacrónico. Los verdugos seguían allí. Todo permanecía igual.

Tal vez a la espera del quinto movimiento armado.

–¿Cómo sabía usted que ese periodista había concertado una entrevista con el comandante Miguel?

–La noche antes me lo comentó mi hijo Eudaldo. Estaban orgullosos de que Tres Torres sirviera para eso. Decían que el mundo entero sabría otra vez de Chiapas y la Selva Lacandona gracias a esa entrevista. Era mucho riesgo para ellos, para los guerrilleros y para los del pueblo, pero estaban dispuestos a correrlo. La libertad exige riesgos. El comandante Miguel iba a explicar los motivos de su lucha, y a darle a ese periodista una declaración.

Cada grupo revolucionario tenía su declaración, sus principios. Orgullo para unos, indiferencia para otros. Si su hermano hubiese hecho aquella entrevista y nada más, fotografiando al comandante Miguel vivo y armado, jamás hubiera hecho las fotos de la matanza, jamás hubiera ganado el WPP. Todo sería distinto.

Y seguiría vivo.

–¿Cuánto tardó el ejército en aparecer, una vez llegados los guerrilleros del NMZRLN?

–Se lo dije: apenas nada. Fue algo después del amanecer, y antes del mediodía todo había terminado. Yo me dirigía al pueblo para verlo y ser testigo de la historia. En unos minutos más habría llegado y también estaría muerto.

Isaac se preguntó cómo podía vivir con el dolor, y con la huella de lo que sus ojos habían visto impresa en su razón.

Entonces pensó en Chema.

En su vida, su dolor, su propia huella y su razón.

Y comenzó a entender la respuesta final.

–¿De dónde venía el periodista, Artemio?

–De Cozlán, claro –respondió el campesino.

La pensión «Raulita» de Cozlán era un viejo edificio rojizo, de tres plantas, con apenas media docena de habitaciones en cada una, tan destartaladas como la casa. La mujer que le había atendido le aseguró que era la mejor de las habitaciones. De nuevo estuvo a punto de preguntar si en ella durmió un año antes un periodista y fotógrafo español llamado Chema Soler de Raventós. Pero no lo hizo. Ya no le importaba. No tenía el menor sentido que le importase cuando estaba siguiendo sus huellas en busca de una verdad que creía estar intuyendo. Que casi rozaba con los dedos de la mano salvo por un detalle.

Aquel nombre, «Cor. Norberto Tejada», y aquel número de teléfono.

Sus únicas pistas.

Ya era de noche, así que al otro lado de la ventana se veían las casas arracimadas en el valle, con apenas una docena de luces repartidas a lo largo y ancho del lugar. Para los habitantes de la Selva Lacandona era una ciudad. Pero incluso con mucho esfuerzo superaba los márgenes de pueblo. De todas formas había una cama, y eso era mucho. Había llegado a pensar que tendría que volver a pasar la noche en el todoterreno. La aparición de Artemio había sido providencial. No sólo por conducirle después hasta Cozlán, sin perderse, sino por su valiosa información.

El mismo Artemio le había dicho a la mujer del mostrador de la pensión:

–Cuídelo. Es un amigo.

–*Orale* –asintió ella.

La mujer le tomó los datos. Isaac pensó que tal vez le reconociera, como los de la recepción del hotel Acacias en Madrid. No fue así. Se quedó con su pasaporte y eso fue todo. Sólo le preguntó si estaba allí de visita turística. Le dijo que sí. Turística y cultural.

–¿Antropólogo? Por aquí vienen muchos. En Chiapas el tiempo no corre. Todo está igual que hace quinientos años, cuando ustedes vinieron y nos conquistaron.

Se sintió a salvo en la habitación, y mirando por la ventana.

Después bajó a cenar algo. La comida mexicana le había fascinado siempre. Ahora, in situ, le encantaba. La misma pensión «Raulita» tenía un bar y un comedor, que era de lo que vivía mucho más que de los escasos huéspedes que pudieran alojarse en ella. Se sentó en una mesa apartada, bajo la curiosidad de los pocos parroquianos que se daban cita en el lugar dada la hora, y pidió guacamole, nachos, tortitas, enchilada, queso fundido y una Corona, la cerveza mexicana por excelencia junto a su competidora Sol. Con los platos amontonados en la mesa, se dio cuenta de que tenía mucha hambre, así que incluso le agradeció a la mujer cualquier otra sugerencia. Se sintió mejor al terminar, y también agotado.

Aunque le quedaba una cosa por hacer.

En la habitación no había teléfono.

–¿Desde dónde puedo hacer una llamada?

La señora Raulita dejó de cargar los platos ya vacíos en una bandeja. Era una mujer ajada, que en otro tiempo debió de ser muy hermosa. Llevaba trenzas, tenía el cabello muy negro, rasgos indígenas y un cuerpo todavía firme, de carnes prietas y mucha fuerza. Los ojos eran de una viveza que sólo a veces se trastocaba en apatía.

–¿A España?

–No. Local.

–Venga.

La siguió. Salieron del restaurante, lleno de aromas y sabores, y caminaron por un pasillo que desembocaba en la recepción. La señora Raulita rodeó el mostrador, y de debajo de él sacó un teléfono negro, antiguo, sucio y viejo que puso encima.

–Luego le cobro –dijo.

Lo dejó solo.

Isaac no tuvo que buscar el número de teléfono. Se lo sabía de memoria. Levantó el auricular y esperó el tono. Cuando lo tuvo marcó las cifras que Chema había anotado en su dietario.

Al otro lado la respuesta fue inmediata.

–Comandancia de Cozlán, ¿dígame?

Lo esperaba. Pero aun así vaciló.

–¿Oiga? Aquí la comandancia, diga.

–¿El… coronel Norberto Tejada?

–No se retire, por favor. Le comunico con el sargento de guardia.

Ya no esperó más. Colgó.

«Cor.» era coronel. Y Norberto Tejada era oficial en Cozlán.

Unos días antes de la matanza de Tres Torres, Chema había anotado aquel nombre y aquel número en su dietario.

La pregunta era ¿por qué?

N ADIE llamó a la puerta.

Simplemente la echaron abajo.

Sólo tuvo tiempo de incorporarse, y no del todo, porque apenas logró enderezar la espalda un palmo de la cama, acodándose en su brazo derecho. La primera sensación fue de estupor. La segunda, que se trataba de una pesadilla. Estaba empapado en sudor. Con la tercera, la realidad se abrió paso en su razón a golpes.

–¿Pero qué...?

Dos de ellos le cayeron encima, aplastándole y sujetándole sin miramientos. Un tercero le clavó el cañón de la pistola en la mejilla, con tanta virulencia que fue como si quisiera ensartársela. El halo de una linterna le deslumbró. Todo fue tan rápido que tardó en sentir lo peor: el dolor.

Gritó. Pero ellos no le hicieron caso. El que le doblaba los brazos por detrás de la espalda se los subió aún más, dispuesto casi a dislocárselos. El que se le había puesto encima para impedir que pataleara le clavó su puño en mitad de la columna vertebral. El de la pistola le golpeó con el cañón.

El sabor a sangre le llenó la boca.

–¡Ándenle! –gritó alguien–. ¡Llévenselo todo!

Aún era de noche, así que no podía ver nada por ello y por la maldita linterna que le cegaba. Sin embargo, en ese momento una mano anónima encendió la luz de la habitación y, acto seguido, la linterna se apagó. Isaac vio por primera vez a sus asaltantes nocturnos.

Tal vez hubiera esperado algo distinto, ladrones, otra guerrilla revolucionaria, pero no aquello.

Uniformes.

Uniformes del ejército mexicano.

Eran por lo menos una docena. Desde su posición sólo logró ver cómo cogían sus cosas, la cámara, la bolsa de viaje. No le movieron hasta que sus pertenencias estuvieron fuera. Entonces le llegó el turno a él.

–¡En pie!

Era una orden, pero le «ayudaron» a cumplirla por si no la había oído bien o pensaba resistirse. Le levantaron de la cama, tal cual y vestido sólo con sus calzoncillos, y la primera salutación en su nueva posición fue un puñetazo en el estómago, seco, inesperado, que le robó hasta el aliento final. Tuvo la sensación de que iba a marearse, a vomitar, pero se contuvo. Una voz interior le recomendó no vomitar cerca de ellos. Si una sola gota manchaba uno de los uniformes eran capaces de pegarle un tiro.

–¡Vámonos!

Se lo llevaron a rastras, entre dos soldados, con un tercero apuntándole por detrás y todos ellos rodeados por el resto del grupo. Las escaleras de bajada, al caminar descalzo, fueron un suplicio. Intentó recuperar el resuello y, sobre todo, la noción de la realidad. Tenía que tratarse de un error. No pasaba nada. Era ciudadano español y estaba de turismo en México. ¿O había estallado una revolución? En las películas, los americanos siempre decían aquello de: «¡Soy ciudadano de los Estados Unidos!» Eso era justo antes de que les pegaran un tiro, por creerse los amos del mundo. ¿Y si gritaba que era «ciudadano español»?

Un nuevo golpe en la espalda, para que caminara más rápido, le decidió a enmudecer.

–¡Tira ya!

Al pasar por delante del mostrador de la pensión empezó a atar los primeros cabos. No los de su detención, pero sí al menos los de la única razón posible:

Se llamaba Isaac Soler de Raventós.

La señora Raulita estaba detrás del mostrador, vestida con una simple bata de noche que ella agarraba a la altura del pecho para que no se le abriera. Su cara era de pena, tristeza y rabia.

Evidentemente, como en todo hotel, motel o casa de huéspedes del mundo, especialmente cuando el otro mundo, el civilizado, está lejos, debía darse parte de los nombres de los recién llegados a la policía o a la autoridad competente. La señora Raulita tal vez no reconociera el apellido, porque a lo mejor Chema ni siquiera había estado jamás en su pensión. Pero «la autoridad competente» sí.

Sin olvidar la llamada telefónica.

Siendo un pueblo, quizá pudieran rastrearla.

Le sacaron fuera. Había tres o cuatro soldados más, armados hasta los dientes. El «operativo», como lo llamaban ellos, daba más la impresión de estar dirigido contra un grupo terrorista que contra una sola persona, desarmada y ahora muerta de miedo.

Porque de pronto, Isaac sintió miedo.

Mucho miedo.

Más del que nunca hubiera experimentado, y desde luego un miedo distinto al que produce la soledad.

–¿Qué van a hacer? –logró preguntar a impulsos de ese pánico.

Por toda respuesta le metieron de cabeza en un vehículo oficial, y una vez en él, le derribaron boca abajo, con las manos todavía sujetas a la espalda. Ahora lo que se le incrustó en la nuca fue el cañón de un fusil.

–Vuelve a hablar, o a moverte, y te dejamos sin dientes, pendejo.

No se arriesgó. Calló y se quedó muy quieto. El miedo se adueñó así aún más de él. Por su mente pasaron escenas irreales. Se vio conducido a un lugar ignoto de la selva, y ajusticiado con un tiro en la nuca. Se vio en un calabozo mexicano bajo la acusación de traficar con drogas, porque el operativo habría encontrado «casualmente» una bolsita de coca entre sus pertenencias. Se vio «desaparecido», como en las dictaduras argentina y chilena.

Pensó en Laia.

Y ese pensamiento le llenó de dolor, de frustración.

El vehículo arrancó. No debían de haber transcurrido más allá de tres minutos desde la irrupción en la habitación y ya le parecía que llevaba una eternidad así.

Más se lo pareció el trayecto.

Sin embargo, cuando el coche se detuvo y se abrió la puerta, descubrió que seguía en Cozlán, tal vez a las afueras, pero todavía en Cozlán. Le obligaron a bajar con la misma fuerza y violencia con la que le trataban desde el comienzo, y vio el pueblo y las montañas que lo aprisionaban por delante y a ambos flancos, aunque al otro lado de un muro nada casual. Un muro amenazador y singular. Luego, al girarse, se encontró cara a cara con la comandancia, cuartel o lo que fuera aquello. Un edificio feo, gris, marcial, con torres de vigilancia y alambradas. Semejaba estar en alerta máxima, como si esperasen un ataque.

El trayecto continuó, entre soldados que lo observaban curiosos, todos ellos muy jóvenes, y a través de las primeras dependencias de aquel espantoso lugar. Porque a Isaac se le antojó el más lóbrego y triste espacio del universo.

Luego cambió de opinión al bajar a los calabozos.

Rodó escaleras abajo antes de llegar al sótano. Ellos, los dos que le sujetaban, le dejaron ir, y el de atrás le dio una patada. Mientras caía, tratando de no romperse nada, escuchó sus risas. Le recogieron de nuevo del suelo y le empujaron una segunda vez. A la tercera, a través de una puerta abierta, llegó a su destino final.

Su celda.

Su último intento de ponerse en pie murió antes de iniciarse. Recibió un culatazo en la cabeza que le atontó, aunque no tanto como para no poder mirarles, lleno de impotencia, antes de que se fueran. Todos reían.

–¿Lo desnudamos? –preguntó uno.

–No, ¿para qué? Así está guapo.

–Fíjate: pantaloncitos Kalvin Klein de color rojo para dormir –se burló un tercero.

Se echaron a reír con ganas.

Luego se marcharon, y cerraron la puerta de golpe.

Lo peor fue el ruido de la llave, la balda o lo que fuera, aislándole del exterior.

Una hora, dos, o quizá sólo diez minutos después, Isaac seguía allí, en el mismo sitio en que había caído. No se atrevía a moverse. Temía respirar. Si acabó haciéndolo fue por la presencia de una cucaracha que avanzaba decidida hacia él, dispuesta a inspeccionarle subiéndosele encima.

Entonces se levantó.

La celda era pequeña, unos tres metros de largo por dos de ancho. La única comunicación exterior era la puerta. No había ventana alguna. Las paredes eran siniestras, mohosas, hechas de grandes sillares. A un lado quedaba el camastro, sin colchón, sólo unas cuerdas entrecruzadas y llenas de nudos. Era el único mobiliario. Ni siquiera un retrete para hacer sus necesidades. Estornudó y eso le hizo sentarse en la cama, para no tener los pies desnudos en el suelo. El sudor le caía ahora como si en su frente acabasen de abrirse media docena de grifos.

Y el corazón le latía muy, muy rápido.

Chema le había dicho que cuando las balas silbaban y las bombas caían cerca, hasta el mejor periodista o el más rudo fotógrafo era capaz de hacerse caca o pipí encima.

Él no se lo hizo, pero empezaba a entenderlo.

¿Qué podían hacerle? ¿Y por qué?

En el suelo había cucarachas, y entre los nudos del camastro vio chinches, o algo parecido a ellas. Se puso en pie y se acercó a la puerta. Aplicó su oído a la madera sin que del otro lado le llegase ruido alguno. Tarde o temprano tendrían que sacarle de allí, pero si era más bien tarde que temprano...

Trató de imaginarse una noche allí, en la celda, durmiendo en el camastro, y no pudo.

–¡Eh! –gritó.

Pensaba que al otro lado no había nadie. Golpeó la puerta con el puño cerrado.

–¡Eh!

Un culatazo en la madera le hizo retroceder.

–¡Cállate, hijo de la chingada, o entro y te cierro la boca yo mismo!

Retrocedió de nuevo hasta el camastro y se entretuvo limpiando las cuerdas y los nudos unos minutos. Su cabeza iba del aturdimiento al vacío. Se comprimía y descomprimía como por arte de magia. Pasaba de la certeza de que todo se trataba de un error a la no menos evidente seguridad de que no era así. Incluso recordó declaraciones de los secuestrados por ETA, la forma en que vivían sus encierros en los zulos o las terapias que seguían para no volverse locos.

No, aún era pronto para terapias, o sistemas inmunológicos, o pánicos. Necesitaba el máximo de concentración. Necesitaba calma. Todas sus fuerzas. No había hecho nada. Nada.

Salvo visitar un pueblo muerto y hablar con un viejo campesino.

Laia sabía que estaba allí.

Si no la llamaba en unos días, ella...

Días.

Se derrumbó en el camastro, sin importarle ya la presencia de las chinches, y se quedó boca arriba, mirando el techo, tan húmedo y sórdido como las paredes o el suelo. Seguía sudando, le costaba respirar, pero tuvo dos o tres estremecimientos y ramalazos de frío en los minutos siguientes.

Y de nuevo el tiempo transcurrió de forma aleatoria.

Una hora, dos, o quizá sólo diez minutos.

—Chema... —susurró.

Fue lo último que salió de sus labios. Lo último con un mínimo de coherencia que pudo racionalizar su mente. Lo último con un leve sentido que, junto a la imagen de Laia, logró conservar para no hundirse como un pedazo de plomo en mitad del mar. Después naufragó en el miedo, y ese miedo le hizo penetrar en un oscuro túnel del que ya no supo cómo salir. Y todo ello antes de que, una eternidad después, la puerta volviera a abrirse.

Le sobresaltó el ruido de los hierros, la llave o la aldaba.

Luego entraron de golpe.

Uno se quedó en la puerta, armado y expectante. Otros dos entraron, dando órdenes.

–¡En pie!

–¡Vamos, vamos!

–¡Vístete!

Le echaron encima su propia ropa, una camiseta, unos pantalones y sus zapatillas deportivas, aunque sin cordones. Les obedeció sin decir nada, para evitarse más golpes, a pesar de que deseaba saber si iban a dejarle libre o... Después de todo, parecían ser simples soldados, sin mayor graduación. Bueno, uno llevaba un galón, así que alguna maldita cosa debía ser. Desventajas de no haber hecho el servicio militar.

Se vistió, aunque no cómodamente. De repente tenían prisa. Uno seguía gritando, y el otro le empujaba. Trastabilló al ponerse los pantalones, y apenas pudo calzarse la segunda zapatilla. En menos de veinte segundos ya estaba fuera de la celda, con el arma del que esperaba allí apuntándole a la boca del estómago. Se extrañó de que no le ataran las manos. Creía que lo hacían con todos los detenidos, en cualquier lugar del mundo.

Ya no volvieron a golpearle, sólo le empujaban.

No dejaron de hacerlo ni un momento, subiendo las escaleras, por los pasadizos de la primera planta, a través de un patio muy soleado y falto de atractivos, y finalmente por una zona que, en apariencia, era algo más noble que las anteriores. Una zona con despachos y algunos hombres de uniforme yendo de un lado a otro. Le dirigieron media docena de miradas curiosas y, al momento, indiferentes.

Le hicieron detenerse delante de una puerta. Uno de ellos llamó.

–¿Su permiso?

Al otro lado se escuchó la respuesta.

–Adelante.

El que había llamado, el del galón, abrió la puerta. Entró el primero. Luego los de atrás le empujaron por última vez. Isaac se encontró en mitad de un despacho bien arreglado, cómodo, con un ventilador refrescando el ambiente, mapas colgando por las paredes y una mesa llena de papeles ordenados. Había algunos archivadores y diversas fotos. No reparó en ellas de momento.

Sus ojos se detuvieron en la figura del hombre sentado al otro lado de la mesa, luciendo un uniforme militar de alta graduación.

El mismo hombre que aparecía en una de las fotografías de Chema, con el mismo uniforme, y casi también su mismo aspecto feliz y sonriente.

Supo de quién se trataba de pronto.

Sin el menor atisbo de duda.

El coronel Norberto Tejada.

Los dos se observaron durante unos segundos.

Luego, el primero en reaccionar fue el militar.

–Pueden retirarse –ordenó a sus soldados.

No le discutieron la orden, aunque el del galón miró las manos de Isaac como para que su superior se diese cuenta de que las tenía libres. Debía de estar habituado a obedecer, porque su duda se mantuvo tan sólo una fracción de segundo.

–Bien, señor.

Cerraron la puerta tras ellos, dejándoles solos. Su única compañía por un espacio indeterminado de tiempo acabó siendo el silencio. A lo largo de él, el del uniforme estudió a Isaac. Su juventud le hizo esbozar una nueva sonrisa nada disimulada. A Isaac se le antojó grotesco, ridículo, pero también aterrador. Lo malo era que no tenía ni idea de cómo ser o parecer digno en una situación como aquélla.

Porque todavía estaba muerto de miedo. No era un héroe.

–Siéntate –acabó diciendo el militar.

Isaac le obedeció, con mucho alivio. Las piernas no le sostenían como era debido, y prefería sentir algo sólido en sus posaderas. Era la primera muestra de cordialidad en varias horas, aunque tampoco se dejó engañar. En aquel rincón, el hombre que tenía delante debía de ser algo así como la ley y el orden, juez y verdugo. Por primera vez, y para no enfrentarse a sus ojos, que seguían estudiándole de hito en hito, desvió la mirada.

Posó la vista en algunas de las fotografías que tenía más cerca, en la repisa de un mueble de madera vieja. Lo hizo como de pasada, más por inquietud que por curiosidad, pero el movimiento de sus pupilas se detuvo de repente, y se quedó sin aliento.

Sintió cómo se le paralizaba el corazón en el pecho cuando vio aquella foto.

No, no era una de las que había hecho su hermano. Era distinta. Pero fue tomada aquel mismo día, el de la matanza de Tres Torres. Todo lo más al siguiente. Destacaba por encima de las demás por dos motivos: porque era más grande, y porque el marco de plata que la mostraba brillaba con luz propia.

Sin olvidar la imagen.

En ella se veía al hombre que tenía sentado delante, flanqueado por varios oficiales, de pie, orgulloso y desafiante, con los cadáveres del comandante Miguel y otros dirigentes del NMZRLN tirados en el suelo, muertos y en algunos casos hasta bañados en sangre.

Cazadores y presas. Trofeos.

Isaac cerró los ojos.

–Una pena que no se pueda publicar, ¿verdad?

Volvió a abrirlos y se enfrentó a él.

–¿Por qué?

–Bueno –alargó la «e» tanto por su tono fingidamente distendido como por exigencias idiomáticas–. Purita cuestión de ética. O de estética, vete a saber.

Le molestó que le tuteara. Isaac no lo hizo.

–¿Podría explicarme qué hago aquí?

–Las preguntas las hago yo, joven –cambió el tono Norberto Tejada.

–De acuerdo –asintió él.

–No pareces darte cuenta de tu situación, hijo.

Le molestó aún más que le llamara eso.

–Ni siquiera sé por qué me han detenido.

–¿Detenido? –el militar abrió sus manos como si no entendiera el término–. Debe de haber una confusión –negó con la cabeza–. Nuestro deber es controlar un poco la zona, para que no haya sorpresas desagradables, tanto en un sentido como en otro. La selva es peligrosa, ¿sabes? Yo sólo quería hablar contigo, saber quién eres, qué haces por aquí… Hospitalidad lo llamamos a eso.

–Usted sabe bien quién soy –dijo Isaac, desafiante por primera vez.

–¿Quieres que llame a uno de los hombres que esperan fuera para que te enseñe modales? –le preguntó.

Isaac suspiró. Tenía suficientes golpes.

–Me llamo Isaac Soler de Raventós, y soy hermano de Chema Soler de Raventós.

–Bien, bien –ponderó el militar–. ¿Y cuál es el motivo de tu visita a estas lejanas tierras, Isaac?

–Quería saber por qué se mató mi hermano.

La sorpresa fue ahora del coronel Tejada. Las palabras de su «visitante» le alcanzaron de lleno. Permaneció en silencio un par de segundos, mirándolo de hito en hito.

Cuando volvió a hablar ya no disimuló en absoluto.

–¿Ha muerto? –quiso asegurarse.

–Sí.

–Extraordinario –parecía no creerlo, así que su voz sonó a tanteo cuando agregó–: Algún accidente, claro.

–Suicidio.

Acusó el segundo golpe.

El impacto.

Pero cuando se recuperó de ambas cosas, la misma sonrisa cínica e irónica reapareció en su rostro, acentuada ahora por un deje de inesperada burla.

–¿Se mató?

–Lo hizo.

–Increíble –bufó.

–Su conciencia...

–Tu hermano fue un ingenuo hasta el final –manifestó sin dejarle terminar la frase.

–Supongo que sí –convino Isaac–, a pesar de su experiencia, y de tantos años yendo de aquí para allá fotografiando la crueldad humana. Tuvo que serlo para no soportar lo que pasó aquí.

–¿Y qué crees que fue lo que pasó?

–Usted ya lo sabe.

–Me gustaría oírtelo decir –le invitó a continuar con un displicente gesto de la mano.

Isaac lo escrutó dominado por una creciente inseguridad. De pronto se sentía como un barquero sin remos en mitad de un torrente aristado de rocas.

–Chema llegó hasta la selva para entrevistarse con el comandante Miguel. Usted debía de tener espías, así que lo supo de alguna forma y le siguió para dar con los guerrilleros. Se aprovechó de eso para matarlos.

La sonrisa de Norberto Tejada se hizo más firme, y también más distante y superior. Los ojos le brillaron con cierta luz diabólica, un aura resplandeciente, como si disfrutara por alguna extraña razón.

–Veo que no sólo él era un ingenuo –comentó–. Debe de ser cosa de familia.

–No entiendo.

–¿No entiendes? –el militar se echó hacia atrás en su silla. Unió las yemas de los dedos y volvió a parecer cautelosamente suficiente–. ¿No hablaste con tu hermano?

–¿Qué quiere decir?

–¿No te explicó cómo hizo ese reportaje?

–Pues... no –Isaac enarcó las cejas–. Estaba ahí, en el pueblo, para esa entrevista, y llegaron...

–¿Te dijo eso? ¿O es lo que tú crees, como lo cree todo el mundo? ¿Nunca te contó lo que sucedió de verdad?

Isaac tenía la boca súbitamente seca.

–No.

–¿Qué clase de familia formabais? –él mismo se contestó, como si de pronto lo comprendiera todo mucho mejor–: ¡Oh, claro, claro! ¿Cómo iba a contártelo? ¡El laureado fotógrafo que consiguió las imágenes de Tres Torres! No iba a ser tan tonto, naturalmente.

–¿De qué está hablando? –empezó a impacientarse Isaac.

Norberto Tejada le miró fijamente, pero sin perder su tono burlón. Cada vez que sonreía, a Isaac se le revolvía un poco más el estómago. Su animadversión por el uniforme tras el cual se escudaba aumentó hacia su portador.

–Bueno –suspiró el militar lleno de condescendencia–. Viniste por la verdad, has hecho un largo viaje y, como todos los jóvenes, eres un idealista que necesita un baño de realidad. Supongo que es justo que sepas cuál es esa verdad. Tampoco vas a hacer nada con ella.

–La única verdad...

No le dejó continuar.

Y sus siguientes palabras fueron pronunciadas muy despacio, para que su significado penetrara como era debido en la mente de su interlocutor.

Ahora, el coronel Norberto Tejada ya no sonreía.

–La única verdad, muchacho, es que tu hermano vendió a esas gentes por ese reportaje.

Isaac ni parpadeó.

–Eso no es cierto –dijo tan despacio como lo había hecho el militar.

–Sí lo es –certificó éste–. Yo hice mi trabajo, ni más ni menos. Habría acabado con esos imbéciles tarde o temprano, pero... las cosas se aceleraron, y todos salimos ganando. Yo acabé con la guerrilla gracias a él. Chema Soler logró la fama y el éxito por una astuta, discreta e inteligente traición. Y no le culpo. Hizo bien –movió su mano derecha categóricamente–. Se aprovechó de la situación, como habría hecho cualquiera. Eso es de inteligentes no más –pareció darse cuenta del detalle más reciente y plegó los labios pesaroso antes de manifestar–: Aunque ahora eso de su muerte... ¿Qué te parece? Resulta que el bravo tenía escrúpulos.

–Está usted...

Iba a decir «loco», pero se contuvo.

Su situación no era la más adecuada para mostrarse insolente.

–Válgame el cielo –suspiró el coronel–. Ni siquiera pensaste en ello, ¿no es cierto, chico?

–Mi hermano era...

Ya no podía hablar. Además de la boca seca, estaba el nudo creciente de su garganta. Los ojos de Norberto Tejada expresaban una mezcla de ironía y pena.

–Chema Soler era un profesional. Y un buen periodista. Y, por lo que vi después..., también un buen fotógrafo –dijo a modo de reflexión–. Quería «la gran foto», y la obtuvo aquí. Vino para entrevistarse con el último líder guerrillero de Chiapas, y cuando comprendió que eso no vendía nada, porque el NMZRLN no era nada, sólo una pandilla de zarrapastrosos, me llamó, se dio a conocer y me propuso el gran pacto. Así de simple, pero también así de fácil y cuerdo. Aprobé su plan, es decir: que tomara las fotos de la detención de los guerrilleros a cambio de que yo supiera la hora y el lugar de su entrevista con ellos.

–Pero usted los mató –musitó Isaac.

–Bueno, hubo un pequeño cambio de planes. El mejor revolucionario es el revolucionario muerto –expresó sin ambages–. Así que el operativo se diseñó para esa pequeña variación.

–¿Y los campesinos?

–Ayudaron a los guerrilleros. Fueron sus cómplices. Los pueblos de la Selva Lacandona debían comprender el mensaje.

Ni siquiera parecía frío. Hablaba desde su lógica más elemental.

–Dos de mis hombres resultaron muertos, y tres heridos –comentó con disgusto.

–No puedo creerle –dijo Isaac.

–¿Querías la verdad? Ya tienes la verdad. Te la brindo, muchacho. Disfrútala.

–Si hubiera sido como dice, nunca le habría dejado sacar esas fotos.

–Ahí me ganó por la mano –lamentó con fingida admiración–. Al acabar el combate ordené que le requisaran las cámaras y le velaran los carretes. Pero tu hermano era listo. Supo darse cuenta de que eso sería lo que yo haría, por lógica. Así que sacó los dos carretes, debió de envolverlos en una funda de plástico, y los escondió en cualquier parte. Los que velamos no eran más que carretes vírgenes. Se marchó muy enfadado, pero imagino que regresó en secreto, los recogió y... publicó las fotos. Una pequeña molestia. Algunas protestas.

–¿Algunas protestas? ¡Todo el mundo...!

–¿El mundo? El mundo hace lo que le da la gana. Ve y cree lo que quiere, y también juzga, condena o libera a quien quiere. Todo es según el color del cristal con que se mira. Los americanos matan cada día a gente, de forma impune, y lo revisten de «razones de Estado». Bien, la guerrilla es nuestra «razón de Estado». Mis soldados llegaron a un territorio hostil lleno de revolucionarios y se entabló una batalla. ¿Al final cómo se sabe quién es un revolucionario o un campesino? Unos llevan armas y otros machetes, pero matan lo mismo.

Pensó en las mujeres y los niños. ¿Qué llevaban ellos?

Pero la prudencia le hizo callar, aunque no del todo.

–¿Cómo puede dormir tranquilo? –exhaló Isaac.

La pregunta pareció hacerle gracia de nuevo. O ella, o su joven inocencia.

–Justifiqué mi acción, y mis superiores no la pusieron en duda. Oficialmente los guerrilleros abrieron fuego dentro del pueblo, y nos vimos obligados a disparar. La culpa de que murieran civiles fue suya. Sin olvidar que los mismos campesinos también tomaron las armas. Eso es lo que se dijo internacionalmente. Por supuesto hubo protestas, ya lo sabes, y algunas dimisiones para quedar bien, porque la oposición se puso brava, pero... –hizo un gesto de cínica resignación con ambas manos.

«Honrados y condecorados», había dicho el viejo Artemio.

–¿La publicación de las fotos no le causó problemas a usted? –musitó incrédulo Isaac.

–¿Problemas? Teníamos una nueva revolución y yo la detuve. Pagando un precio, claro, pero insignificante al fin y al cabo. Mis superiores me dieron la orden. Dijeron «adelante». No había mucho tiempo porque todo fue muy rápido. Ni siquiera pudieron enviar más soldados, aunque les dije que me bastaba para acabar con Miguel y los suyos. Claro que después hubo una investigación, pero rápida, y satisfactoria, como debía ser. Y no fui yo quien dio la cara, la dieron mis superiores. El mundo creyó lo que quiso, pero aquí la realidad es muy distinta, y las autoridades lo saben. Es más, las autoridades de la capital también son distintas de las que aquí sufren el problema. Fuera de México pueden creer y pensar lo que quieran. Aquí el ejército lucha contra la guerrilla, porque ése es su oficio: luchar y hacer valer la ley. Se habla de grupos paramilitares auspiciados por el propio partido del gobierno... Bueno, eso son fantasías –dijo tan cínicamente que Isaac pensó que le tomaba el pelo–. Hay una guerra entre campesinos y propietarios de tierras. Todos se creen con derecho. ¿Y qué? Yo sólo hice lo que debía como militar. Muerto el perro, se acabó la rabia. Y con el tiempo... –repitió su gesto de naturalidad–. Dentro de un mes voy a ser ascendido y trasladado a otro lugar. ¿Quién se acuerda ya de Tres Torres? La operación fue un gran éxito en mi hoja de servicios. El que por lo visto no pudo dormir tranquilo desde entonces fue tu hermano. Una pena. No se puede apostar por Dios y por el diablo al mismo tiempo.

La verdad.

Contundente, brutal, directa.

Había viajado diez o doce mil kilómetros para...

Su voz se convirtió en un frágil murmullo.

—Mi hermano creyó que usted sólo iba a detener a los guerrilleros.

—Si eso te tranquiliza...

Un pueblo entero masacrado.

Un pequeño giro de las circunstancias.

De no haber sido por el premio, tal vez Chema estuviese vivo. Con la conciencia dañada, pero vivo.

Con el reportaje había cambiado, pero al recibir el World Press Photo...

Todo encajaba.

La luz final.

Miró a Norberto Tejada pensando que, después de todo, iba a matarle.

—¿Por qué me lo ha contado? —quiso saber.

—Cortesía —mencionó el militar—. No iba a dejarte ir sin respuestas.

—¿Va a dejarme marchar?

—Naturalmente.

—¿Por qué?

Era una pregunta absurda, e incluso arriesgada, pero le salió del alma.

Una buena dosis de orgullo colmó el desmedido vaso del ego de su oponente. Realmente Isaac comprendió que el coronel había disfrutado contando lo que sucedió.

Como muchos fantoches seguros de sí mismos.

—Tú no dirás nada, muchacho. No vas a manchar la memoria de tu hermano. Ésa es mi garantía. Y yo... tampoco voy a decirlo. Fueron mis pesquisas, inteligentes y profesionales, las que detectaron a los guerrilleros. Por desgracia hubo una batalla, y murieron algunos civiles. Chema Soler estaba ahí, casualmente, y se benefició de ello. Lo dicho –hizo un gesto evidente–: Nadie va a cambiar la historia, pero tú podrás regresar a casa con tu verdad, y gritársela a tu hermano muerto. Tu pobre y estúpido hermano muerto, que a fin de cuentas resultó que era un simple tipo sin futuro, honesto al final. Tarde, pero... sí, hay que reconocerlo, escrupulosamente honesto al final.

Isaac contuvo las lágrimas.

No quería llorar delante de aquella alimaña.

Aunque deseara hacerlo por Chema, fuera de allí, lejos de todo.

Chema.

Dispuesto a dar su vida por una gran foto. Y la había dado.

–¿Quieres algo más, chico?

Matarle.

Pero eso era imposible.

Y cuanto antes saliese de aquel infierno, mejor.

–No vuelvas por aquí, o te quedarás para siempre –le previno Norberto Tejada, ahora serio–. Y agradéceme el buen humor y la condescendencia. Por mi ascenso. Tu hermano me hizo un favor, aunque luego publicara esas fotos. Estamos en paz. Ahora, adiós. Me dio mucho gusto charlar contigo. Creo que los Soler me traen suerte –elevó la voz súbitamente para gritar–: ¡Cosme!

Se abrió la puerta, al instante. El soldado del galón entró con marcialidad y se detuvo a los dos pasos.

El coronel miró fijamente a Isaac.

–Denle sus cosas, y escóltenle hasta Tuxtla Gutiérrez. Asegúrense de que toma el primer avión para el Distrito Federal, y de que tenga el enlace para España asegurado. No creo que el señor Soler quiera ir a Cancún a pasar unos días de vacaciones, ¿verdad?

Isaac se puso en pie.

Intentó apartar sus ojos de aquel hombre, pero le fue imposible.

Así que, pese a todo, lo último que vio de él fue su cínica sonrisa.

Última hora

Lo primero que hizo al llegar al nicho fue retirar la fotografía depositada en su breve alféizar el día del entierro de Chema. La eterna fotografía de la mujer y sus hijos abatidos en Tres Torres.

Ya no tenía sentido alguno que estuviese allí, acompañándole durante el comienzo de su eternidad.

La sacó del marquito, la rompió en pedazos como gesto simbólico y se los metió en el bolsillo. De su otro bolsillo extrajo una fotografía muy distinta. En ella se veía posar a un matrimonio joven, con sus dos hijos varones. Los cuatro le sonreían a la cámara desde su vida y un pasado no tan lejano como para ser ocre ni tan cercano como para que el dolor fuese reciente.

Los cuatro volvían a estar juntos ahora, aunque tres de ellos estuviesen al otro lado de la lápida.

Puso la nueva fotografía en el marco, despacio, con minuciosidad, y volvió a dejarlo en el alféizar del nicho, debajo de las palabras «Familia Soler». Después cogió con la mano derecha el periódico que llevaba sujeto bajo el brazo izquierdo y lo abrió. Buscó la página 27. Lo dobló por ella a lo largo, y de nuevo hizo lo mismo en dos partes a lo ancho. La noticia que le interesaba estaba en la parte inferior, sin fotos, sólo una columna de cinco centímetros de base por quince de alto, incluido el titular, que rezaba: «La venganza de Tres Torres.»

Lo leyó en voz alta.

–«Cozlán, México. Un grupo de campesinos armados asaltó hace dos días la vivienda del coronel Norberto Tejada, responsable y ejecutor final, según se ha sabido, de la matanza de Tres Torres, en la Selva Lacandona de Chiapas, y ajustició al militar de un tiro en la nuca. El coronel Tejada iba a ser trasladado en breves días, y ascendido de rango. El militar negó siempre haber dado muerte de forma consciente a los campesinos del pueblo de Tres Torres, ya que dijo desconocer que en la localidad pudiera haber civiles, y aseguró que cumplía con su deber atacando lo que él creía ser el reducto del grupo guerrillero NMZRLN. La muerte del coronel Tejada no ha sido reivindicada por grupo armado alguno, pero ese mismo día cientos de campesinos de los pueblos próximos y otros llegados de todo Chiapas llenaron de flores la plaza mayor de Tres Torres. Como se recordará, la matanza de la localidad fue fotografiada por el recientemente desaparecido fotógrafo español Chema Soler, que obtuvo el prestigioso World Press Photo con una espeluznante imagen de los hechos.»

Acabó de leer el pequeño artículo y a continuación hizo lo mismo que con el marco y la nueva foto: dejarlo en el alféizar, a un lado. Luego, sin dejarse arrastrar por la emoción, dio un paso atrás y levantó la cabeza para mirar el cielo, azul, despejado, sin nubes y húmedamente caluroso. Cuando volvió a mirar el nicho esbozó una sonrisa.

–Supongo que siempre que se abre una puerta, acaba cerrándose tarde o temprano –dijo en voz alta.

¿Justicia? ¿Azar? ¿Destino?

–Siento que pasara así, Chema. Lo siento de verdad.

Le había escrito en la carta de despedida: «No me juzgues demasiado severamente.»

Y no iba a hacerlo. A pesar de todo.

«Dignidad…» «Trata de ser el mejor periodista que puedas, y el más honrado. En este mundo la honradez es lo único que nos diferencia a los unos de los otros…» «Una persona honesta es una persona buena…»

–Seré un buen periodista, Chema. Te lo juro.

Ahora sí tuvo que dominar la emoción. Y lo hizo a duras penas, apretando las mandíbulas y los puños desnudos. Se calmó a lo largo de los siguientes segundos y volvió a levantar la cabeza, que había bajado al límite de su resistencia, para hablar de forma mucho más sosegada.

–Ya sé lo que hace un hombre con un tenedor en una tierra de sopas, Chema –musitó con algo más que tierna amargura–. Es tan simple que me parece ridículo, pero supongo que todas las grandes verdades son simples –miró la lápida fijamente y acabó diciendo–: Un hombre con un tenedor en una tierra de sopas bebe y come con las manos, porque el tenedor no le sirve de nada, ni va a servirle jamás. Y esas manos son todo lo que tiene, de la misma forma que el ser humano en la vida sólo tiene su honestidad para vivirla. Hay muchas tierras llenas de sopas, cargadas de olores, reclamándote con cantos de sirenas, oportunidades, éxito, lujos…, pero la única cuchara para apurar la existencia está en uno mismo. Manos y corazón. No lo olvidaré, te lo prometo.

No tuvo que gritárselo, como le había pedido Chema en su carta póstuma. Sabía que podía oírle, al otro lado de la lápida o de donde estuviese.

El compromiso final.

—Te quiero, hermano.

Después de todo, el tiempo apenas había comenzado a transcurrir.

Se llenó los pulmones de aire.

Sonrió inundado por algo muy especial llamado esperanza.

Y tras asentir con la cabeza, como si acabase de recibir una respuesta en su interior, echó a andar despacio, entre los muros cargados de nichos, sabiendo que ahora todo estaba en paz.

Con un futuro por delante.

Los sucesos que se relatan en este libro son ficticios y sus protagonistas no guardan parecido con persona o personas, vivas o muertas, que puedan tener rasgos comunes con ellos en la actualidad o en el pasado; sin embargo, su origen parte de un hecho real reciente, el suicidio de un famoso fotógrafo. También han sido creados libremente para la historia el Nuevo Movimiento Zapatista Revolucionario de Liberación Nacional, el pueblo de Tres Torres y la ciudad de Cozlán, que salvo casualidades asombrosas, no existen en Chiapas. Sí son reales los datos sobre la reciente historia de Chiapas, el MZLN, el EPR y el ERIP. Por desgracia, y durante años, las impunes matanzas de campesinos e indígenas han sido corrientes en muchas zonas de América Central y Suramérica, destacando especialmente en ese triste récord Guatemala. Actualmente, en Chiapas, los grupos paramilitares y la policía siguen masacrando indígenas de forma indiscriminada. Para el mundo, son sólo noticias que aparecen de manera aislada en los periódicos. Para ellos, es la vida.

Curiosamente, terminé esta novela un mes antes de la matanza de Acteal, en Chiapas (diciembre de 1997), donde se masacró a cuarenta y cinco indígenas, mujeres y niños básicamente, lo que desencadenó un escándalo internacional de grandes proporciones. He querido respetar la historia tal como la pensé y la escribí, así que salvo algunas matizaciones, no he tocado nada de ella posteriormente teniendo en cuenta que la base del relato es la acción de un fotógrafo, la honestidad de los medios de comunicación y su compromiso con sus lectores. Si situé la historia en Chiapas fue, tan sólo, porque es uno de los puntos del planeta donde la situación de los indígenas lleva años siendo desesperada y, tal como se demostró con lo de Acteal, allí mi relato habría sido posible. Por desgracia, después lo ha sido.

Parte de la documentación para la realización de esta novela ha sido extraída de los archivos de El Periódico, La Vanguardia, El País *y* Avui, *así como del libro* Chiapas, la rebelión de las cañadas, *de Carlos Tello Díaz (Acento Editorial), que me facilitó Montserrat Sendil, y la revista* Rutas del Mundo, n.º 77 de noviembre de 1996, *que me facilitó Hortensia Galí. Quiero también expresar mi agradecimiento a todas las personas que conocí en mi primer viaje a México, durante mi estancia en Chiapas en 1990, y a sus informaciones, que hicieron que llevara desde entonces a su país en mi corazón, y a las que me ayudaron en noviembre de 1997 a completar la novela.*

Este libro está dedicado a todos los que han muerto impunemente por la violencia de las armas, debido a su condición indígena y humilde y en defensa de sus derechos, y a los miles que yacen en fosas comunes sin identidad y olvidados por la ignorancia o la comodidad del mundo.
Y a los periodistas honrados que cuentan la verdad.

Jordi Sierra i Fabra

Perú, octubre de 1996
Vallirana, Barcelona, verano de 1997
México, noviembre de 1997

Índice

Primera edición   9

Segunda edición   69

Tercera edición   125

Última hora   165

Títulos publicados

1. Robert Swindells, *Calles frías*
2. Heinz Delam, *La maldición del brujo-leopardo*
4. Oriol Vergés, *Un pueblo contra los Hamid*
5. Anja Tuckermann, *Muscha*
7. José Luis Velasco, *Atrapado en la oscuridad*
9. Alfredo Gómez Cerdá, *El beso de una fiera*
10. Concha López Narváez y Carmelo Salmerón,
    El visitante de la madrugada
13. Fernando Lalana, *El paso del estrecho*
15. Heinz Delam, *La selva prohibida*
16. Jordi Sierra i Fabra, *Retrato de un adolescente manchado*
18. José María Latorre, *La leyenda del segundo féretro*
19. Els de Groen, *Casa sin techo*
20. Eliacer Cansino, *El misterio Velázquez*
22. Jordi Sierra i Fabra,
    Un hombre con un tenedor en una tierra de sopas
26. Christian Grenier, *El ordenador asesino*
27. Heinz Delam, *Likundú*
28. Concha López Narváez y Miguel Salmerón,
    Hola, ¿está María?
29. José María Latorre, *Pueblo fantasma*
30. Alfredo Gómez Cerdá, *La última campanada*
31. José Ramón Ayllón, *Vigo es Vivaldi*
33. Jordi Sierra i Fabra, *97 formas de decir «te quiero»*
38. Juana Aurora Mayoral, *Seis cerezas y media*
40. José María Latorre, *La mano de la momia*
41. Marisol Ortiz de Zárate, *Los enigmas de Leonardo*
42. José Ramón Ayllón, *Diario de Paula*
43. Concha López Narváez, *Los pasos del miedo*
44. Santiago Herraiz, *Jaque en la red*
46. Fernando Lalana, *Amnesia*
47. Jordi Sierra i Fabra, *En una esquina del corazón*
49. Roberto Vivero, *Hello Goodbye*
50. Heinz Delam, *La noche de las hienas*
52. Jordi Sierra i Fabra, *Sin tiempo para soñar*
55. Francisco Díaz Valladares, *La venganza de los museilines*
56. José María Latorre, *Después de muertos*

57. Marcial Izquierdo, *El último día de mi vida*
58. Francisco Díaz Valladares, *El último hacker*
59. Carlos Puerto, *Zumo de mango*
60. Jordi Sierra i Fabra, *Los olvidados*
61. César Fernández García, *No digas que estás solo*
62. Santiago Herraiz, *Llora Jerusalén*
63. Jordi Sierra i Fabra, *El funeral celeste*
64. Gianni Padoan, *Concierto de libertad*
65. José Ramón García Moreno, *Dos muertos y pico*
66. Francisco Díaz Valladares, *A orillas del mal*
67. Jordi Sierra i Fabra, *Anatomía de un «incidente aislado»*
68. Miguel Luis Sancho, *Días de lobos*
69. Jorge M. Juárez, *La misteriosa fragua de Vulcano*
70. Jordi Sierra i Fabra, *La canción de Mani Blay*
71. Concha López Narváez y María Salmerón, *El último grito*
72. Arturo Padilla, *Supervivientes detrás de las cámaras*
73. Enrique Páez, *Cuatro muertes para Lidia*
74. César Fernández García, *La niebla que te envuelve*
75. Andrés Guerrero, *Siempre estaré allí*
76. Eliacer Cansino, *El chico de las manos azules*
77. Francisco Díaz Valladares, *Terror bajo los hielos*
78. Juan Ramón Barat, *La sepultura 142*
79. Fernando Lalana, *La maldad o algo parecido*
80. Juan Ramón Barat, *Deja en paz a los muertos*
81. Juan Ramón Barat, *Clara en la oscuridad*
82. Jordi Sierra i Fabra, *Después del huracán*
83. Rebeca Álvarez, *If*
84. Daniel Hernández Chambers, *Muéstrame la eternidad...*
85. Arturo Padilla, *Prisioneros del mar*
86. Juan Ramón Barat, *Llueve sobre mi lápida*
87. Belén Conde Durán, *Luz y tinieblas*
88. Montserrat del Amo, *La vida no tiene música de fondo*
89. Juan Ramón Barat, *La noche de las gárgolas*
90. Jordi Sierra i Fabra, *Im-Perfecto*
91. Fernando Lalana, *El muerto al hoyo*
92. Juan Ramón Barat, *La Perla de Sanzio*
93. Josep Gòrriz, *Seiscientos euros*
94. Juan Ramón Barat, *La goleta de los siete mástiles*
95. Juan Ramón Barat, *La cripta negra*

*Este libro se terminó
de imprimir
en el mes de noviembre de 2021*